小說與戲劇的逆光飛行

——— 新世代現代文學作品七論

孟 樊　主編

王婉如
李東霖
蘇奕心
許舒涵　　合著
蔡佳宜
楊雅琳
温虹雯

主編序

孟　樊

　　學術論文的撰寫，為人文社會科學的學院門牆劃下一道難以逾越的線——這也是大學之所以為大學的所在。就人文社會科學來說，大學之所以異於一般的教育機構，乃在於其所從事的研究領域之專業性，而其專業性則又須自一篇篇的學術論文逐漸累積而來，蓋樹立大學之學術權威及其標準的，乃來自其研究成果，而研究成果則係由一篇一篇的學術論文所構築而成。以是，無學術論文則無研究成果，而無研究成果，則大學也無法成其為大學。

　　就國內一般大學而言，撰寫論文的訓練，通常都要等到碩士研究生階段，因為現在（除極少數大學的一些科系外）的大學本科生畢業之前毋須繳交學術論文，也因而不必有撰寫論文的訓練，要等到進入研究所之後，由於畢業之前必須通過（博

碩士)論文口試,而要通過這道門檻之前,他就非得要面臨撰寫論文這道棘手的難題。然而,由於在這之前(即大學階段),大半的研究生都未接受過如何撰寫學術論文的訓練,在進行論文的寫作過程中,便往往不能得心應手,乃至影響其研究成果,讓論文的品質打了折扣。

在我任教的國立臺北教育大學語文與創作學系,在未改系名之前的語文教育學系時代,從大二上學期開始,系上便爲學生開設有「讀書指導」的專業(必修)課程,一直要修到大三下學期結束,整整有兩年的時間。這門「讀指」課美其名曰「讀書」指導,其實是要教師帶著學生在這兩年修課時間做好撰寫論文的工作,換句話說,所謂「讀書指導」不啻就是「論文寫作指導」。這樣的課程自然不能大堂上課,所以系上便依照學生的興趣及老師的專長將班級分組,由學有專精的老師帶領各組同學,以二年的時間指導他們撰寫論文,並在大三下課程結束前舉辦學術論文發表會,由各組老師先期評審,選出優秀論文若干篇宣讀,發表會各場次的主持人、講評人皆由學生自己充當,討論往往異常地熱烈。

本論文集所收七篇以現代文學作品(包括:張愛玲的《傾城之戀》、瓊瑤的《雁兒在林梢》、平路的《行道天涯》、成英姝的《人類不宜飛行》等三部、白先勇的《孽子》、余華的《活著》與《許三觀賣血記》,以及馬森的《花與劍》)爲探討對象的論文,乃是我帶領的「讀指」課現代文學組同學兩年來學習

成果的呈現，他們所探討的作品，除了一篇劇本（馬森的《花與劍》）外，其餘全屬小說——包括臺海兩岸現代文學作家的作品。論文雖均經過我的修改、調整，但是全係他們付出心血完成的作品；你仍然可見其青澀之處，但是也看到當中有點模樣了。他們的論文也許寫得還不夠成熟，卻也都從我這邊獲得了一些撰寫論文的「基本配備」，最厲害的是他們講評起別人的論文都能一針見血，頭頭是道——這是學自我手上超棒的招數。

這七位同學多半勤勉好學，思慮清楚，在學術研究的道路上，相信未來將會有更令人期待的表現，收錄的這七篇論文便是一個好的起始點，在成為研究生之前，已做好充分的暖身準備。可以這麼說，這「七把劍」不是要「下天山」，而是打好基礎要「上天山」「求道」。我們拭目以待將來「七劍下天山」的日子。是為序。

目錄

第一章

張愛玲《傾城之戀》新舊文化交替下的女性

王婉如

第一節　前言

　　出生於一九二〇年的上海的張愛玲，從小就在這種既傳統又現代、中西文化互相衝擊的環境下長大，也因此張愛玲寫出的小說都籠罩著淒涼的氣氛，她同情舊家族中苦苦掙扎的男女，寫出他們的心聲。張愛玲在二十歲時便以一系列的小說震動文壇，是一九四〇年代上海最紅的女作家。一九五〇年代，張愛玲已完成她最主要的創作，包括《傾城之戀》、《金鎖記》、《半生緣》等等。她的作品，主要以上海、南京和香港為故事場景，在荒涼和頹廢的大城市鋪張曠男怨女，演繹著墮落及繁華。《傾城之戀》內蘊情感及其悲涼，在在顯示她對父權社會的感情投影，對她所出生的家庭及其代表的生活境界的不滿，早年創傷形成了陰影，幼年孤苦無依的經驗，更導致其筆下的女性形象多半以弱者姿態出現，不自覺地承受著來自父權社會的壓抑和屈辱。[1]

　　本篇小說「描述了中國女性在新、舊社會交替和中、外文化互相激盪的期間，對『價值的認取』。」[2]張愛玲在小說中提出的一個議題是：有一天象徵生活目標的軸心不見，或者是象徵男性的圓心消失後，中國傳統的女人該如何自處？我們是生活在現代的人，而現代文明的女人會說：那就算了吧！反正「天

---

[1] 盧正珩，《張愛玲小說的時代感‧創作背景與創作心態》（臺北：麥田，1994），頁 29。

[2] 陳炳良、黃德偉，《張愛玲短篇小說論集》（臺北：遠景，1994），頁 45。

涯何處無『芳草』」，現代人的愛情講究速成，因此來得快傷得
也不重，「婚姻」對女人而言變成一種交易。交易的是老來相
伴的後半輩子，而不是傳統認為的──女人的一張長期飯票。
或許現代人有如此的觀念，結婚率因而年年下降，因為現今可
以獨立自主的女性越來越多。

　　張愛玲的《傾城之戀》想述說的是中國的女性如何在壓迫
下求生存或者是如何過活；也因張愛玲幼年經驗使得評論者林
柏燕對她的創作有如下的評語：「對男性普遍地缺乏賦予較好
的楷模與個性典型的創作經驗。」[3]也由於中國女性受制於中國
傳統儒家思想，本文底下想從此一角度進一步探討張愛玲這部
小說中深受傳統儒家思想影響的女人，分從女人、男人與其他
人的角度去窺看小說中的這些女人，看看張氏如何來塑造這些
女人角色。

第二節　人物的思想

　　如同張愛玲大多數的作品都以香港、上海為背景，在《傾》
這部小說中，她將時代背景設定在戰爭時期，藉以突顯：在戰
爭中什麼樣的故事都是有可能的，這是她為自己故事背景的合
理性鋪好道路，因為戰爭是屬於「非常時期」。她的小說同魯
迅一樣並不以叫囂方式直接攻擊倫理和習俗，而是透過細膩的
小說故事呈現社會對人的控制，描繪人在某種制度之下會被模

---

[3] 林柏燕，《文學探索》（臺北：大林，1990），頁 103-108。

塑成某種型態的悲劇。[4]而在非常時期很多事情都可能超越了一般（指當時）的道德標準，張氏乃以此當背景去刻畫當時處於新舊交雜時代女性內心的情感，以及她們在面對事情時一般的處理方式：

> 上海為了「節省天光」，將所有的時鐘都撥快了一個小時，然而白公館裡說：
> 「我們用的是老鐘」他們的十點鐘是人家的十一點。他們唱歌唱走了板，跟不上生命的胡琴。[5]

> 天是十二月七日一九一四年，十二月八日，炮聲響了。一炮一炮之間，東晨的銀霧漸漸散開，山巔，山窪子裡，全島的居民都向海上望去，說「開仗了，開仗了。」誰都不能夠相信，然而畢竟是開仗了。[6]

一、白流蘇與范柳原

小說中女主角白流蘇，一個寄居娘家的離婚女人，遇上了一個原是介紹給她妹妹的男人范柳原（男主角），范柳原對白流蘇有一點愛意，但這點愛意不足以讓他承擔起婚姻的責任，流蘇卻只要一紙婚契，她是離了婚的女人，知道愛情不能長

---

[4] 唐文標，《張愛玲卷》（臺北：遠景，1984），頁111。
[5] 張愛玲，《傾城之戀》（臺北：皇冠，1991），頁188。
[6] 同上註，頁223。

久，而婚姻能提供生存所需的一切，她只是想生存，生存得好一點而已。因此她圖的是錢。「金錢」在張愛玲的世界裡，經常和「人性」相結合，並不單純代表一種物質的享樂，常常由錢而顯露人性的本來面目：「赤裸裸站在天底下了」。[7]

　　白流蘇因而在徐太太的安排下到了香港，和范柳原在綿綿情話營造成的甜膩膩氣氛中，展開一場無聲的「戰爭」。「戰爭」同時也是《傾城之戀》的主題，從開始時「流蘇蹲在地上摸著黑點蚊煙香」，舉起洋火柴的「火紅的小小三角旗」，就是宣戰的旗幟，代表她衝破傳統家庭藩籬的決心。[8] 白流蘇正如水晶所謂，是可以和「飛燕、太真」等后妃並列的傾國傾城人物。[9] 各自設了巧妙陷阱，期待能獵獲對方，卻都不能如意，例如：

> 范柳原道：「我們到那邊走走。」白流蘇不作聲。他走，她就緩緩的跟了過去。時間橫豎還早，路上散步的人多著呢──沒關係。從淺水灣飯店過去一截子路，空中飛跨著一座橋樑，橋那邊是山，橋這邊是一堵灰磚砌成的牆壁，攔住了這邊的山。柳原靠在牆上，流蘇也就靠在牆上，一眼看上去，那堵牆極高極高，望不見邊。牆是冷而粗糙，死的顏色，她的臉，托在牆上，反襯著，也變了樣──紅嘴唇，水眼睛，有血，有肉，有思想的一張臉。柳原看著她道：「這堵牆，不知為什麼使我想起

[7] 張愛玲，《流言‧私語》（臺北：皇冠，1911），頁155。
[8] 盧正珩，《張愛玲小說的時代感‧作品藝術形式》（臺北：麥田，1994），頁203。
[9] 水晶，《張愛玲的小說藝術》（臺北：大地，2000），頁44。

地老天荒那一類的話……。」[10]

有一天，我們的文明整個的毀掉了，什麼都完了——燒
完了，炸完了，坍完了，也許還剩下這堵牆。流蘇，如
果我們那時候在這牆根底下遇見了……流蘇也許妳對
我有一點真心，也許我會對你有點真心。流蘇嗤道：「你
自己承認你愛裝假，可別拉扯上我。你幾時捉出我說謊
來著？」柳原嘻的笑道：「不錯，妳是再天真也沒有的
一個人。」流蘇道：「得了，別哄我了！」[11]

這邊范柳原提到說，也許那天妳對我會有一點真心，我對
妳也會有一點真心；就是明白指出，其實他們彼此都知道自己
待對方不是那麼完全地用心，都是別有目的的親近和待人好。
范柳原期待白流蘇可以做他的情婦，因為他不想定下來；而白
流蘇卻希望范柳原可以放棄這樣的想法與她結婚，使她後半輩
子可以得到一些照顧。基於這樣的差異，二人當然每回打交道
就不能取到平衡點，也因此誰也沒有完成誰認為的。日子也就
這樣一天又一天地過，流逝的不僅是時間，同時也是白流蘇的
青春歲月。

後來白流蘇回到上海，以退為進，希望范柳原會帶著「較
優的議和條件妥協」。然而一個秋天過去，她已經老了兩年，而
她可經不起老，於是柳原一個電報又把她「拘回」香港，帶著

---

[10] 張愛玲，前揭書，頁 208。
[11] 同上註。

失敗的心情。白流蘇已甘心於情婦的身份，此時戰爭卻成全了她，使她得到了范太太的身份。不過范柳原成婚後就不跟她鬧著玩了，把他的俏皮話留下來說給別的女人聽。對白流蘇而言那是一個好現象，表示他完全把她當自己家人看待——「名正言順的妻子」，一個很自然的結果。

寫到這裡，我們可能會認為白流蘇還是屬於一個傳統的女性，但細看字裡行間會發現她其實是一個有些許不同於當時社會的女性。她離過婚，而離婚在當時是屬於「驚天動地的大事」，一般傳統女性都會認為「嫁雞隨雞」，強調的是「夫唱婦隨」，一般女性很少有表達自己意見的機會。此外白流蘇對於范柳原的情感有一部份是建立在金錢上，關於這兩點，我們就可看出白流蘇的與眾不同。在無力謀生的情況下我們不免使她得到這樣的理解：能夠愛一個人愛到問他拿零用錢的程度，那是嚴格的試驗。[12]

底下再從男女主角不同的觀念與思想法來進一步討論。離婚八年寄居在娘家的白流蘇，在白公館裡每待一秒都是痛苦，半開放但實質卻還是守舊的社會；對重回娘家的女子有著太多的苛責和鄙視，她難得有勇氣離婚，卻還是無法改變周遭人異樣的眼光及不公平待遇。白流蘇需要力量，需要得到生存空間，在那個擁擠不堪、人言可畏的望族大家裡，只能仰賴自己的一口氣，還有年雖二八依舊姣好的容貌。白流蘇渴望在第二次婚姻中找到屏障，得到一般女人賴以維生的名份和財產，並藉范

---

[12] 張愛玲，《傾城之戀》，頁 10。

柳原的身價和追求行動,使希冀長久在家欺凌她的兄嫂重新肯定她的存在價值,不再出言嘲諷。看看白流蘇自己是如何想的:「一個女人,再好些,得不到異性的愛,也就得不到同性的尊重,女人們就是這點賤。」[13]

從上文中可以看出,女性對於男性的屈服,認為男性地位應高於自己。而一個可以得到男性愛慕的女性必定是某方面才能特殊而足以令男性傾心。傳統的女性基本上是繞著男性打轉,像是陀螺繞著圓心轉。從中可以思考一個問題:當陀螺抽掉軸心後呢?或是圓心消失呢?也因此,中國傳統的女性對於被其他男性「看中」的女性,雖然不見得打心底喜歡,但也不會對之貶低:

> 徐太太這樣籠絡流蘇,被白公館的人看在眼哩,漸漸地也就對流蘇發生了新的興趣。除了懷疑她之外,又存了三分顧忌,背後嘀嘀咕咕議論著,當面卻不那麼指著臉子罵了,偶然也還叫聲「六妹」、「六姑」、「六小姐」,只怕她當真嫁到香港的闊人,衣錦榮歸,大家總得留個見面的餘地,不犯著得罪她。[14]

衣錦榮歸不但為中國傳統士人追求,一般女子也追求,這象徵著一種權勢地位。士人透過讀書期待一舉成名天下知,而女人則希望有個好歸宿以找到一張錦衣玉食的長期飯票。之前

---

[13] 張愛玲,《傾城之戀》,頁 200。
[14] 同上註,頁 208。

在上面提到過白流蘇不同於當時的女性，但她骨子裡依然根深蒂固的有著男性就是來撐起自己半邊天的觀念。而離過婚的女性在當時是不太見容於社會的，在一開始也許會像白流蘇一樣被自己的家人照顧著；但其實這只是一個心照不宣的「秘密」——一個關於離過婚的女人其實不能長久待於娘家的秘密：

> 流蘇自己忖量著，原來范柳原是講究精神戀愛的。她倒也贊成，因為精神戀愛的結果永遠是結婚，而肉體之愛往往就停頓在某一階段，很少結婚的希望。精神戀愛只有一個毛病——在戀愛過程中，女人往往聽不懂男人的話。然而那倒也沒多大的關係。後來總還是結婚，找房子，置家俱，雇傭人；那些事上，女人可比男人在行得多。[15]

　　小說中的時代背景雖然是現代，不過其蘊含的精神卻是古代的，典型的「男主外，女主內」。中國傳統的女人是認為一定要結婚的，有了婚姻才有了長期的歸宿。戀愛的目的就只有一個——結婚：

> 如果她正式做了范太太，她就有種種的責任，她離不了人。現在她不過是范柳原的情婦，不露面的，她應該躲著人，人也應該躲著她。清靜是清靜了，可惜除了人以外，她沒有旁的興趣。她所僅有的一點學識，全是應付

---

[15] 同上註，頁 210。

> 人的學識。憑著這點本領，她能夠做一個賢慧的媳婦，
> 一個細心的母親。在這裡她可是英雄無用武之地。「持
> 家」罷，根本無家可持，看管孩子罷，柳原根本不要孩
> 子。省儉過日子罷，她根本不用為了錢操心。她怎麼消
> 磨這以後的歲月？找徐太太打牌去？看戲？然後姘戲
> 子，抽鴉片，往姨太太們的路上走？[16]

　　白流蘇心裡深根蒂固地認為是妻子就該有妻子的樣，姨太太在中國畢竟不是那麼地正當。這當然也是在中國傳統社會才有可能發生，現代社會裡常時有所聞婚外情，那些女人通常圖的主要目的是錢，以及無可測量、無法用一種形容詞形容的愛情。白流蘇生長在一九三〇、四〇年代的中國社會，雖然那時候民風已經開放，但一般人的思想觀念卻依然很保守。在此我們不去管誰是誰非，而是透過這樣的文字表達，我們可以窺見時代的不同，女人不同的處理方式。

　　范柳原也是自私的，在國外長大的他，追尋他理想中的「中國女人」，遊戲人間，有時斯文有禮，有時放縱熱情。他愛流蘇卻不願擔當婚姻之責，因為他承擔不起誘姦的罪名。這便是當時男性的好處，他有錢、有權便可以選擇他所要的女性，可以不結婚而且會越老越有身價。但女性則不同，當時女性只要一過了適婚年齡想要找上一門親事，即使家世清白，也很難尋覓到如意郎君，更別說為了自己的將來找到幸福。

---

[16] 同上註，頁 222。

> 金蟬道:「那范柳原是怎樣的一個人?」三奶奶道:「我
> 那兒知道?總共沒聽見他說過三句話。」又尋思了一
> 會,道:「跳舞跳得不錯罷!」金枝咦了一聲道:「他跟
> 誰跳來著?」四奶奶搶先答道:「還有誰,還不是你那
> 六姑!我們詩禮人家,不准學跳舞的,就只她結婚之後
> 跟她那不成材的姑爺學會了這一手!好不害臊,人家問
> 你,說不會跳不就結了?」[17]

　　白公館的女人們認定中國女人應該要善良,顧好自己又須
含蓄內斂,不是一味地外放,把外放的女人認定為不守婦道,
心裡又妒又氣,妒的是白流蘇的本事,氣的是毀了她們這些女
人本來的計畫,再加上不符合中國傳統婦女的形象:

> 柳原與流蘇走在前面,流蘇含笑問道:「范先生,你沒
> 有上新加坡去?」柳原輕輕答道:「我在這兒等著妳呢。」
> 流蘇想不到他這樣直爽,倒不便深究,只怕說穿了,不
> 是徐太太請她上香港而是他請的,自己反而下不落臺,
> 因此只當他說玩笑話,向他笑了一笑。[18]

　　儒家傳統思想,認為一個女人在想自己之前要先為男人
想,給別人一個臺階下,寧可委屈自己也不要委屈男人,比方
說:不孕,就是一個最好的例子:

---

[17] 同上註,頁 199。
[18] 同上註,頁 204。

> 流蘇微微嘆了口氣道：「我不過是一個過了時的人罷
> 了。」柳原道：「真正的中國女人是世界上最美的，永
> 遠不會過了時。」[19]

范柳原雖然到處招惹女性，感覺上誰都可以，作風雖然洋派，可是在心裡頭依舊認定女人就要像中國女人一樣擁有婦女的美德：每天伴著她到處跑，什麼都玩到了！電影、廣東戲、賭場、格羅士大飯店、思豪酒店、青島咖啡館、印度綢緞莊、九龍的四川菜……。[20]

從這裡可以看出，張筆下中國男人與女人的不同，是屬於「參差的對照的手法」。用張愛玲自己的解釋，所謂的「參差的對照的手法」為「虛偽之中有真實，浮華之中有素樸」的方式描繪人性中美善與醜惡兼具的成分。[21]中國傳統男人就比女人佔優勢，男人可以到處跑，美其名是「做事」；女人就得在家刺繡學習禮儀，以避免將來出嫁時，無法照顧公公婆婆一家人。而白流蘇這樣跑，卻也付出了代價，被人認為是一個放蕩的女人，有損白家的面子。浮華的語言底下，其實仍不斷渴望現世生命的真實與安穩，只是女人比男人更因為現實所需而產生濃厚的依賴心理，因而煩惱不斷。

---

[19] 同上註，頁 206。
[20] 同上註，頁 212-213。
[21] 陳炳良、黃德偉，前引書，頁 45。

二、其他人物

張愛玲曾有感而發說：「他們不是英雄，他們可是這廣大時代的負荷者……他們沒有悲壯，只有蒼涼」。[22]除此之外，我們再來看看張愛玲所用的另一種表現手法，亦即藉由第三者的角度，來看看其他女人是怎麼想的：

> 「自己骨肉，照說不該提錢的話。提起錢來，這話可就長了！我早跟我們老四說過──我說：老四，你去勸勸三爺，你們做金子、做股票，不能用姑奶奶的錢哪，沒的沾上了晦氣！她一嫁到婆家，丈夫就變成了敗家子。回到娘家來，眼見得娘家就要敗光了──天生的掃帚星！」[23]

因為婚姻的失敗，流蘇寄居在娘家裡。她的三哥、四哥及嫂子們，全是些貪婪、腐敗、狹隘，而又擺著大戶人家架子的小人物。他們用盡一切手段榨乾了流蘇帶回娘家的私房錢，眼見沒有什麼利用價值，便處心積慮的羞辱她，想趕她出家門。[24]而她的母親不能呵護她就罷了！居然也和她的哥嫂一樣，勸她回到離了婚的、剛死去的丈夫家裡，擔個「節婦」的名聲，

---

[22] 張愛玲，《流言・自己的文章》（臺北：皇冠，1991），頁21。
[23] 張愛玲，《傾城之戀》（臺北：皇冠，1991），頁190。
[24] 費勇，《美麗又蒼涼的手勢──我看張愛玲》（臺北縣：雅書堂，2003），頁243。

過下半輩子的生活：白老太太雖然都知道了流蘇的處境，卻一個翻身背對著流蘇說道：「你跟著我，總不是長久之計，倒是回去是正經。」[25]

母親這一指令進一步把流蘇在娘家僅剩的身份和地位都給掃地出門，流蘇在娘家的這種處境，被安排在她的前夫死後，更凸顯了她的不堪。這裡表達了矛盾與衝突，女人終究還是男人的附屬品，連丈夫死後都還能繼續發揮作用，何況還是離了婚的丈夫。文化上的性別偏差和歧視，使她們被設置於宗法與道德的邊陲，形成一種「含混、模糊的疆界人物」。[26]

> 四奶奶一個人在外間屋裡翻箱倒櫃找尋老太太的私房茶葉，忽然笑道：「咦！七妹，你打那兒鑽出來了，嚇我一跳！我說怎麼的，剛才你一晃就不見影了！」寶絡細聲道：「我在陽臺上乘涼。」四奶奶格格笑道：「害臊呢！我說，七妹，趕明兒你有了婆家，凡事可得小心一點，別那麼由著性兒鬧。離婚豈是容易的事？要離就離了，稀鬆平常！果真那麼容易，你四哥那麼不成材，我幹嘛不離婚！我也有娘家呀！」[27]

在宗法社會中，女性本身並無經濟地位，財產與爵位的承

---

[25] 張愛玲，《傾城之戀》，頁191。

[26] 林幸謙，《張愛玲論述：女性主體與去勢模擬書寫》（臺北：洪葉，2000），頁52。

[27] 張愛玲，《傾城之戀》，頁162。

襲，以父子相傳為主，因而形成了女子依賴男性生活的局面。
民國成立之後，社會對女性的桎梏較為寬鬆，但不可否認，朝
夕之間很難根除千年以來養成的依賴心態，社會上仍舊充滿了
各種有形無形的、對女性的限制和歧視。[28]但等到白流蘇再嫁，
如願釣得金龜婿，「四奶奶和四爺絕對進行離婚」，原先滿口的
仁義道德一下子就拋諸腦後，錯亂行為的背後動機，還是訴諸
現實社會所能給予的可能而定。而這也是張愛玲小說中女性的
生存方式。

第三節　守舊的儒家思想

　　法國人魯妥努說：「在中國，對寡婦問題用極粗雜的，有
時候用極慘忍的方法解決著。中國古代的文明在其他許多地
方，很可以羞辱我們歐洲的文明，惟關於寡婦的事，進步得很
遲。……中國的女子做了寡婦時，一點也沒有自由。」[29]我們
接下來看看白流蘇在離婚的前夫死後，她三哥的想法，就可知
道這些觀念其實都是抑制了婦女身心的開放與發展，以及她們
體驗生命的權利：

　　　白流蘇冷笑道：「三哥替我想得真周到！就可惜晚了一
　　步，婚已經離了這麼七八年了。依你說，當初那些法律

---

[28] 林幸謙，前引書，頁 86。
[29] 費勇，《美麗又蒼涼的手勢──我看張愛玲》，頁 182。

手續都是糊鬼不成？我們可不能拿著法律鬧著玩哪！」
三爺道：「妳別動不動就拿法律唬人！法律呀，今天改，
明天改，我這天理人情，三綱五常，可是改不了的！妳
生是他家的人，死是他家的鬼，樹高千丈，落葉歸根—
—」[30]

從這裡可以清楚看見小說人物擁有的三綱五常、落葉歸根
等儒家觀念。三哥強迫白流蘇回去前夫家「活是他家人」，就
算離了婚也該是「死是他家鬼」。而三哥可以替她決定，也代
表了中國男性的優勢，而女子則被束縛在禮教之下，無怪乎現
代的女性都贊同「禮教吃人」這句話，但是中國男性也因此背
負了照顧姊妹的責任：

「自己骨肉，照說不該提錢的話。提起錢來，這話可就
長了！我早就跟我們老四說過——我說：『老四，你去
勸勸三爺，咱們做金子，做股票，不能用六奶奶的錢哪，
沒的沾上了晦氣！她一嫁到婆家，丈夫就變成了敗家子
回到娘家來，眼見得娘家就要敗光了——天生的掃帚
星！』三爺道：『四奶奶這話有理。我們那時候，如果
沒讓她入股子，決不至於弄得一敗塗地！』」[31]

白家人認定中國女人是卑微的，用了她的錢會倒楣，就像

---

[30] 張愛玲，《傾城之戀》，頁189。
[31] 同上註，頁190。

認定「經期中的婦女」去祭祀是不敬是一樣的道理。「女人一輩子講的是男人，念的是男人，怨的是男人。」[32]

> 妳四哥不成材，我幹嘛不離婚哪！我也有娘家呀！我不是沒處可投奔的，可是這年頭兒，我不能不給他們划算划算，我是有點人心的，就得顧著他們一點，不能靠定了人家，把人家拖窮了。我還有三分廉恥呢！[33]

白流蘇的四嫂在上面提到仁義、廉恥。這裡也有很重要的一點是，古代女子沒有娘家可以回去的，男子就不可以休妻。白流蘇的四嫂在這就是想證明自己是有地方可以回去的，而不是沒地方去，自己留下是為了廉恥，這也在諷刺白流蘇沒有廉恥。在這也可以看見中國女性就算不是真的這麼認為，但在潛意識還是認為自己應該是「嫁雞隨雞，嫁狗隨狗」，一切都應該逆來順受：

> 流蘇願意試試看。在某種範圍內，她什麼都願意。她側過臉去向著他，小聲答應道：「我懂得，我懂得。」她安慰著他，然而她不由得想到了她自己在月光中的臉，那嬌脆的輪廓，眉與眼，美得不近情理，美得渺茫。她緩緩垂下頭去。柳原格格地笑了起來。他換了一副聲調，笑道：「是的，別忘了！妳的特長是低頭。」[34]

[32] 張子靜，《我的姊姊張愛玲》（臺北：時報，1996），頁199。
[33] 張愛玲，《傾城之戀》，頁192。
[34] 同上註，頁209-210。

　　特長是低頭？不覺得奇怪嗎？那是因爲男人希望女人事事都讓著自己、幫自己想，懂得拿住說話和不說話時候的分寸，而不是時時刻刻都像三姑六婆一樣向自己報告一堆又一堆的芝麻小事，這裡的低頭就有這層涵義在。

> 本來，一個女人上了一個男人的當，就該死；女人給當給男人上，那更是淫婦；如果一個女人想給當給男人上而失敗了，反而上了人家的當，那是雙料的淫惡，殺了她也還污了刀。[35]

　　就像中國人一直覺得，潘金蓮在《金瓶梅》中是一個淫蕩的蕩婦一樣，沒有人會去想潘金蓮是爲什麼這樣做或者是西門慶不是一個卑鄙的人，而將過錯完全推在潘金蓮身上，認定她去勾引西門慶，因而毒殺武大郎。這完完全全就是一個很重的禮教束縛，也是很重的男性本位，認爲女性就該按照自己認爲的去呈現出來，沒有按照的就是不守「婦道」。父權社會加之於她們身上的種種束縛，內化爲意識中應予以遵守的規條；若非如此，整個大環境的絕對之惡勢力也將發動，膽敢反抗的弱女子依舊很難逃脫魔掌。[36]

　　香港的陷落成全了她。但是在這不可理喻的世界裡，誰

---

[35] 同上註，頁 206。
[36] 張愛玲，《流言‧談女人》，頁 85。

都知道什麼是因，什麼是果？誰知道呢，也許就因為要
成全她，一個大城市傾覆了。成千上萬了的人死去，成
千上萬的人痛苦著，跟著是驚天動地的大改革……流蘇
並不覺得她在歷史上的地位有什麼微妙之點。她只是笑
盈盈地站起身來，將蚊煙香盤踢到桌子底下去。傳奇裡
的傾城傾國的人大抵如此。[37]

這句話說得不錯呀！「傳奇裡的傾城傾國人大抵如此」，
女人以為自己沒有改變的力量，只是一顆可有可無的小螺絲
釘。白流蘇也這樣認為，可是改變卻在悄悄地進行中。讀到最
後會發現，當初罵白流蘇沒有廉恥的四嫂也跟白流蘇的四哥離
婚，追求自己的幸福，而不是委屈自己。改變不是一下就可以
看見成果的，往往都是要經過緩慢又漫長的時間才可以看見。

然而最厲害的是女人為難女人，而這只是因為女人希望可
以獲得幸福。她們生存於傳統社會，接受的觀念是老一輩的人
傳授給她們的觀念，她們暗著來以免被冠上「多言」，讓家族
成員不合的惡名。男人安插罪名給多話的女性，卻不去檢討是
否是因為自己才讓女性沒有安全感。試看四段下文：

四奶奶道：「可是人家多厲害呀，就憑我們七丫頭那股
子傻勁兒，還指望拿得住他？倒是我那個大女孩子機伶
些，別瞧她，人小心不小，真識大體！」三奶奶道：「那

似乎年紀差得太多了。」四奶奶道：「呦！妳不知道，越是那種人，越是喜歡年紀輕的。我那個大的若是不成，還有二的呢。」三奶奶笑道：「妳那個二的比姓范的小二十歲。」四奶奶悄悄扯了她一把，正顏厲色地道：「三嫂，妳別那麼糊塗！護著七丫頭，她是白家的什麼人？隔了一層娘肚皮，就差遠了。嫁了過去，誰也別想在她身上得點什麼好處！我這都是為了大家好。」[38]

四奶奶怒道：「也沒看見像你們這樣的女孩子家，又不妳自己相親，要妳這樣熱辣辣的！」三奶奶跟了出來，柔聲緩氣說道：「妳這話，別讓人家多了心去！」四奶奶索性衝著流蘇的房間嚷道：「我就是指桑罵槐，罵了她了，又怎麼著？又不是千年萬代沒見過男子漢，怎麼一聞見生人氣，就痰迷心竅，發了瘋了？」[39]

流蘇勾搭上了范柳原，無非是圖他的錢。真弄到了錢，也不會無聲無臭回家來了，顯然是沒得到他什麼好處。本來一個女人上了男人的當，就該死；女人給當給男人上，那更是淫婦；如果一個女人想給當給男人上而失敗了，反而上了人家的當，那是雙料的淫惡，殺了她也還污了刀。平時白公館裡，誰有了一點芝麻大的過失，大家便炸了起來。逢到了真正聳人聽聞的大逆不道，爺奶

---

[38] 同上註，頁 197。
[39] 同上註，頁 198

奶們興奮過度，反而吃吃艾艾，一時發不出話來。[40]

> 女人是喜歡被屈服的，但是那只限於某種範圍內。如果她是純粹為范柳原的風儀與魅力所征服，那又是一說了，可是內中還摻雜著家庭的壓力——最痛苦的成分。[41]

　　小說中女人妒忌著女人，而她們的生活中的娛樂便是街坊鄰居的八卦，總是議論著哪家女人如何如何……。但其實這也是暫時從被束縛生活解放出來的快樂，傳統女性藉由批評別人以及和別的女性比較來說服自己是幸福的，很卑微但卻是事實。

第四節　結語

　　在《傾城之戀》中，我們可以在張愛玲身上看見非常重的中國傳統思想，在傳統儒教的影響下，中國的女人尤其活得辛苦，「在家從父，出嫁從夫，夫死從子」為「三從」；要有「婦德、婦容、婦言、婦功」，不必才能絕異、不必辯口利辯、不必顏色美麗、不必功巧過人也，此為「四德」。這些觀念的目的都是為了壓制婦女的身心開放與發展，剝奪她們享受、體驗

---

[40] 同上註，頁218。
[41] 同上註，頁219。

生命的權利，婦女完全成為物品或財產，完全喪失了作為一個人的獨立人格，[42]同時也要避免犯錯被休妻，卻很少獲得合理的對待或者發出自己的聲音。張愛玲筆下的女性清一色幾乎自處卑下，缺少昂揚奮進的生命情操，甚至流露諸般人性缺點，但作家對之其實並無鄙視之心，相反地同情她們必須身處的惡劣環境相周旋，也肯定這種涵容忍耐的女性特質。[43]

在《傾城之戀》中，白流蘇追求的東西很現實，她反映的是那個時代女性的悲哀，卻也為中國女性發出了聲音：

> 白公館裡流蘇只回去過一次，只怕人多嘴多，惹出是非來。然而麻煩是免不了的。四奶奶決定和四爺進行離婚，眾人背後都派流蘇的不是。流蘇離了婚再嫁，竟有這樣驚人的成就，難怪旁人都要學她的榜樣。流蘇蹲在燈影裡點蚊煙香。想到四奶奶，她微笑了。

幸好這樣的結局我們可以滿意，而不是必須悲哀地「用一個蒼涼的手勢，為故事劃上句點」。女人有時候真的是要自己主動追尋自己的幸福，而不是被動消極等待，白流蘇的幸福多半是戰爭賜給她的。張愛玲始終沒有落入女權主義者同化於男性文明的思考法而不自知的陷阱，[44]例如一面在作品中呈現女性被壓抑的窘境，一面又認為「用丈夫的錢是女人傳統的權

---

[42] 費勇，《美麗又蒼涼的手勢──我看張愛玲》，頁 183。

[43] 林幸謙，前引書，頁 52。

[44] 子宛玉，《風起雲湧的女性主義批評》（臺北：谷風，2003），頁 6-8。

力」、「女人要崇拜才會快樂」。[45]張愛玲的故事的確反應出時代
的背景，以及她的矛盾想法，更甚者她反映了中國女人某種程
度的悲哀，無怪乎人家都說讀張愛玲的小說有種蒼涼感，我想
就是指這個意思吧！這新舊交替的時代，就像一部「時代的車」
轟轟烈烈的往前開；而那時代的女性就像坐在車上的乘客，她
們也許覺得自己改變了，不過就像漫天變遷火光中幾條熟悉的
街景慢慢的翻新。可是在我們後代的眼光中，那是一個在漫天
的火光中也自驚心動魄的時代。

---

[45] 唐文標，《張愛玲資料大全集》(臺北：時報，1984)，頁 269-270。

引用書目

子宛玉,《風起雲湧的女性主義批評》,臺北:谷風,2003。

水晶,《張愛玲的小說藝術》,臺北:大地,2000。

林幸謙,《張愛玲論述:女性主體與去勢模擬書寫》,臺北:洪葉,2000。

林柏燕,《文學探索》,臺北:大林,1990。

唐文標,《張愛玲資料大全集》,臺北:時報,1984。

──,《張愛玲卷》,臺北:遠景,1984。

張子靜,《我的姊姊張愛玲》,臺北:時報,1996

張愛玲,《傾城之戀:張愛玲短篇小說集之一》,臺北:皇冠,1991。

──,《流言》,臺北:皇冠,1991。

陳炳良、黃德偉,《張愛玲短篇小說論集》,臺北:遠景,1994。

費勇,《美麗又蒼涼的手勢──我看張愛玲》,臺北縣:雅書堂,2003。

盧正珩,《張愛玲小說的時代感》,臺北:麥田,1994。

第二章

瓊瑤《雁兒在林梢》的人物描寫

李東霖

第一節　前言

　　瓊瑤是臺灣言情小說中具有代表性的作家,她本名陳喆,
湖南衡陽人,1938 年生,1949 年隨父親到臺灣。她的小說作
品數量豐富,自 1963 年發表自傳性小說《窗外》,截至目前為
止共有五十多部小說。[1]無論男女老少,一定或多或少聽說、接
觸過瓊瑤的小說,或是其改拍成的電影、電視劇。

　　文學界對於瓊瑤的小說評價不一,不過貶者居多,[2]一般被
認為只有談情說愛,[3]沒有嚴肅的人生思想價值在其中,如果抽
離「愛情」這個元素,瓊瑤小說就只剩空殼子。[4]不過,也有正
面的看法,比如說古繼堂《簡明臺灣文學史》一書中提到:

　　　　通觀瓊瑤的作品,愛情這個永恆的主題貫穿在她的整個
　　　　創作之中。瓊瑤筆下的愛情,絕非一味花前月下無病呻
　　　　吟般的濫愛,而是能從其深沉的思想內涵中呈現出縷縷

---

[1] 除 1992 年以前完成的四十六部小說,再加上 1993 年《梅花三弄系列》:
　《梅花烙》、《水雲間》、《鬼丈夫》(《鬼丈夫》由彭樹君改寫);1994 年
　《兩個永恆系列》:《新月格格》、《煙鎖重樓》;1997 年《兩個天堂系列》:
　《還珠格格 I》、《蒼天有淚》;另外還有《還珠格格 II》、《還珠格格 III
　──天上人間》。

[2] 黃重添等,《臺灣新文學概觀》(臺北縣:稻禾,1992),頁 11。

[3] 林芳玫,《解讀瓊瑤愛情王國》:「以愛情故事為主,世代衝突為輔;戀
　愛的當事人是男女主角,父母是配角。」(臺北:時報,1994),頁 99。

[4] 蕭毅虹,〈花呀草呀雲呀天呀水呀風呀──瓊瑤作品的今昔〉,《書評書
　目》16 期,1974 年 8 月,頁 40。

柔媚的情感。[5]

他認爲瓊瑤的作品以愛情爲主題，並在愛情中得到思想內涵的情感。另外，黃重添《臺灣新文學概觀》一書也提到：

> 言情派作爲一種文學流派不能持全盤的否定態度。應該說，好的言情小說有一定的認識價值和文學價值。同樣的，對於瓊瑤的小說，也應作具體分析，絕不能簡單地或褒或貶。她的小說反映了臺灣現代青年的心態，表現出臺灣當代社會的一個側面。[6]

依他的看法，瓊瑤的言情小說與其他純文學作品一樣，都有一定的文學價值，不該直接篤定地給予褒貶，應作具體的分析。無論別人如何詆毀或支持瓊瑤在文壇的地位，瓊瑤小說的暢銷是不容懷疑的。[7]

　　如上所言，瓊瑤小說既然可以反映臺灣現代社會的人心，我們就從「人」的角度切入來看。中國文學家巴金在第一屆茅盾文學獎的頒獎典禮上發言：「一部優秀作品的標誌，總是能夠給讀者留下一兩個叫人掩卷不忘的人物形象。中外古今的名作，所以能流傳久遠，就在於它的人物形象。」[8]人物的表現在一部小說作品中，占了極重要的地位。小說必須透過人物將故

---

[5] 古繼堂，《簡明臺灣文學史》（臺北：人間，2003），頁 423-424。
[6] 黃重添等，前揭書，頁 12。
[7] 隱地，〈讀瓊瑤的「追尋」〉，《自由青年》34 卷 7 期，1965 年 10 月，頁 12。
[8] 周秀萍，《文學欣賞與批評》（長沙：中南工業大學，1998），頁 177。

事呈現出來,因此人物也緊緊牽連著小說的其他構成要素,[9]也是小說作品良劣的關鍵。因為是小說成敗的關鍵,因此沒有生動的人物描寫,就等於沒有小說,或者說這部小說就注定失敗。[10]張堂錡也曾經說過:「小說的中心是人。其實,不只是小說,應該說,一切的文學都是『人學』,各種文學作品都以寫人為藝術創造的目標,只是其他文體不能如小說一般,展現錯綜複雜的人物關係。」[11]

鮮明生動的人物形象是小說是否擁有魅力的關鍵:「人物是小說的靈魂,一篇小說能否具有永久的藝術魅力,就看它是否能夠塑造出鮮明生動的人物形象。」[12]此外,陳彬彬《瓊瑤的夢:瓊瑤小說研究》也提到:

> 人物和事件是小說的重要因素,人物一般地說是組成形象的主體。小說這一文學形式,是通過對人物和人物的活動,人物的命運及人物的相互關係的描寫,來反映現實生活的。優秀的小說作品,往往和成功的形象的塑造分不開的。[13]

小說人物之所以引人入勝,正是因為「優秀小說中的人物形象

9 張堂錡《現代小說概論》一書,分析小說的構成要素有六:主題的構思、人物的塑造、情節的安排、場景的描寫、語言的經營與視角的運用。
10 方祖燊,《小說結構》(臺北:東大,1995),頁334。
11 張堂錡,《現代小說概論》(臺北:五南,2003),頁77。
12 方英等,《文學欣賞》(臺北:五南,2004),頁175。
13 陳彬彬,《瓊瑤的夢:瓊瑤小說研究》(臺北:皇冠,1994),頁121。

多是血肉豐滿的」，[14]形象生動，引讀者的情感跟著小說中的人物起伏波動：

> 以多元化的人物關係營造曲折婉蜒、生動離奇的情節模
> 式。瓊瑤小說之所以引人入勝，關鍵在於她調動了人們
> 的情感，將一方天地中的幾個人物間發生的故事講述得
> 撲朔迷離，娓娓動聽，並由此展示出型態迥異的愛情景
> 觀。[15]

　　在瓊瑤多部小說作品中，《雁兒在林梢》這部小說的人物描寫手法，以故事中女主角陶丹楓同時假扮成另一個角色——林曉霜，並透過林曉霜這個形象去迷惑江淮的弟弟江浩。「像這樣以一個同時扮演二人或二人被誤為一人的情節結構手法，其實隱含著一種相當現代化的社會學和社會心理學的分析。」[16]透過「同時扮演二人」的角色對比，利用性格的衝突來刻畫對比性極大的兩個角色，使之產生尖銳的對立性，強烈地寫出人物的性格，藉此可以看出瓊瑤在人物塑造上所運用的技巧。因此，筆者認為《雁兒在林梢》一書，在人物的描寫方面十分成功，並且也具有特殊的代表性。

　　《雁兒在林梢》故事中，陶丹楓以「愛」為復仇手段，周旋在江淮、江浩兩兄弟之間，並從姐姐生前同學的口中打聽關於姐姐死亡的原因，拼湊姐姐真正的死因。飛回倫敦前夕，姐

---

[14] 方英等，前揭書，頁 175。
[15] 古繼堂，前揭書（2003），頁 424。
[16] 顧曉鳴，《透視瓊瑤的世界》（太原：北岳，1989），頁 136。

姐的死因真相大白，姐姐對她及江淮對江浩的親情，加上江淮
對她的愛情取代了陶丹楓的復仇恨意，使她與江淮成為真正的
一對情人。

　　綜上所述，本文將從《雁兒在林梢》中人物的出場描寫與
人物互動的刻畫切入，並以英國小說家佛斯特（E. M. Forster）
《小說面面觀》對人物分類的角度，檢視《雁兒在林梢》中主
要人物的類型，以及這部小說在人物塑造上的成果。

第二節　人物出場的描寫

　　成功的小說人物描寫，往往在出場的第一時間就能夠吸引
讀者的目光，並且使讀者產生深刻且突出的形象，這個形象有
助於小說情節的鋪陳，或者預先埋下故事的伏筆，或者搭配以
小說中人物的命名來強化其形象，陳碧月就強調小說人物的命
名是人物刻畫所不容忽視的基本元素：「在人物的命名上用
心，可增加作品中人物姓名的美感，而且又可使讀者從中領悟
其命名的含意，使得看見人物的名字就能大概瞭解它的身分、
性格、命運、際遇和結局。」[17]

　　因此，這個「第一印象」的地位是不容忽視的，方祖燊在
《小說結構》一書中稱呼這種第一印象的安排為「出場描寫」：

　　　　當一個人物第一次上場露面的時候，給他一個描寫，就

---

[17] 陳碧月，《小說欣賞入門》（臺北：五南，2005），頁66。

叫做「出場描寫」。這種描寫文字有的很簡單，有的很複雜，完全看需要決定。……長篇小說人物出場的描寫，往往不只是描寫「人物的形象」，有時還安排一些簡單或精采的情節來刻畫重要的人物，目的使他特別突顯出來。[18]

　　長篇小說人物的出場描寫，常在情節中對人物進行描繪，將人物更形象化地呈現出來。《雁兒在林梢》的三個主要出場人物中，小說故事的開場是伴隨著其中之一的男主角江淮的出場：

　　江淮倚著玻璃窗站著。
　　他已經不知道這樣站了多久，眼光迷迷濛濛的停留在窗外的雲天深處。雲層是低沉而厚重的，冬季的天空，總有那麼一股蕭瑟和蒼茫的意味。……自從早上到辦公廳，方明慧遞給他那封簡短的來信之後，他整個的情緒就亂了。他覺得自己像是個正在冬眠的昆蟲，忽然被一根尖銳的針所刺醒，雖然驚覺而刺痛，卻更深的想把自己蜷縮起來。[19]

這陣刺痛也「刺醒」小說故事的發展。而江淮迷濛的眼光則在初出場時，就暗示了他灰灰濛濛地似乎想隱瞞些什麼，因另一位女主角陶丹楓的驟然出現而被刺醒，但卻更讓他想要蜷縮、

---

[18] 方祖燊，前揭書，頁 356。
[19] 瓊瑤，《雁兒在林梢》（臺北：皇冠，1977），頁 5。

隱藏起來。

　　另外一個人物江浩，江淮的弟弟，主修英國文學，充滿愛玩、年輕的氣息，有著幽默的個性：

> 這天下午，他就抱著書本往「蝸居」走去。剛開學不久，春天的陽光帶著暖洋洋的醉意，溫溫軟軟的包圍著他。……總給他那年輕的、愛動的、熱烈的胸懷裏，帶來一抹甯靜與安詳。
> 這個下午，他很知足。
> 這個下午，他很快樂。
> 這個下午，他認為陽光與風都是他的朋友，無緣無故的，他就想笑，想唱歌，想吹口哨，想——找個小妞泡泡。[20]

　　江浩的出場，小說中說他被春陽暖暖地包圍，象徵著哥哥江淮對他的照顧，讓他可以無憂無慮、自由舒適地以大學生的身分，享受他的年輕歲月。年輕氣盛，想「找個小妞泡泡」，以這樣來描寫他的出場，就是爲了與陶丹楓的化身——林曉霜相識，甚至是掉入她的陷阱。

　　然而，筆者認爲江淮與江浩在出場的描寫上，主要的功用是表現對比的效果。江淮與江浩出場的描寫，雖然一者晦暗、成熟，一者熱烈、青春，但是卻有著一個相同的特色，那就是「單一」；換句話說，就是江氏兄弟各只有一種出場的形象。

---

[20] 同上註，頁 40。

與之不同的，是《雁兒在林梢》出場描寫的一個最精采、強烈的對比，即女主角陶丹楓以及她所假扮的人物──林曉霜這兩個角色了。

陶丹楓，受了江淮和姐姐陶碧槐資助在英國取得戲劇的學位，但她認為江淮害死了自己的姐姐，於是她回國進行調查與復仇。她復仇的手段是「愛」：「她以自己的戲劇才能，同時成為陶丹楓和林曉霜，與江淮江浩兄弟倆周旋。果然，她很快就將兄弟倆俘獲，她卻決定飛回倫敦，絕情懲罰。」[21]她首先透過文學作品和黑天使信紙，對江淮預告她的目的是復仇，隨後便將自己打扮得如同黑天使般，以陶丹楓的身分，現身在江淮面前：

> 她站在那兒，背脊挺直，肩膀和腰部的弧線美好而修長。她穿著件黑色的套頭毛衣，黑色燈心絨的長褲，手腕上搭著件黑色長斗篷。她的脖子瘦長而挺秀，支持著她那無比高貴的頭顱。……她面頰白皙，鼻子挺直，雙眉入鬢，而目光灼灼。她那薄而小巧的嘴角，正帶著個矜持而若有所思的微笑。她渾身上下，除了脖子上掛著一串很長的珍珠項鍊外，沒有別的飾物。儘管如此，她卻仍有份奪人的氣魄，奪人的華麗，奪人的高貴……，使這偌大的辦公廳，都一下子就變得狹窄而侷促了。[22]

這是陶丹楓出場予人的第一個形象，充滿高貴、華麗、矜

---

[21] 顧曉鳴，前揭書，頁84。
[22] 瓊瑤，前揭書，頁10。

持與冷漠,使得江淮「喉中乾澀,乾澀得說不出話來」。[23]瓊瑤在這裏不僅描寫了陶丹楓的身形、面頰、嘴鼻和眉眼,而且還詳盡地描述了她的衣著和所配戴的飾物,十分重視細節的描摹。這種注重細節的描寫技巧,近似西方傳統小說的人物描寫技巧:「西方傳統的小說技法,則在對人物進行肖像描寫時,一則側重細描,常以多種修辭手法使之高度形象化。」[24]細緻的描寫,呈現陶丹楓舉手投足間的華麗氣質,甚至誇飾因她的高貴,使得整個辦公廳都因而顯得狹窄傖促。

搖身一變,陶丹楓轉換另一個形象,出現在江淮的弟弟江浩的面前。

林曉霜,這個由陶丹楓所創造、假扮出來的這麼一號人物,只出現在江浩的眼前。雖然是陶丹楓所假扮的人物,但林曉霜所表現出來的個性和外在樣貌都與陶丹楓大不相同,這裏可以藉小說中江浩的眼睛看到林曉霜的樣貌形象:[25]

> 短短的頭髮,額前有一排劉海,把眉毛都遮住了,劉海下,是一對骨溜滾圓的眼睛,烏黑的眼珠又圓又大,倒有些像那隻「雪球」。紅撲撲的面頰,紅灩灩的嘴唇,小巧而微挺的鼻樑……。好漂亮的一張臉,好年輕的一張臉!他再看看她的打扮,一件寬腰身的、鮮紅的套頭

---

[23] 同上註,頁 11。

[24] 傅騰霄,《小說技巧》(臺北:洪葉,1996),頁 59。

[25] 方祖燊《小說結構》一書提出「出場描寫」有四種方法:直接描述、藉小說中人物談話來描述、透過其他人物的觀察來描述,以及透過故事情節逐漸描述。這裏則是藉由江浩的觀點來描述林曉霜的出場,屬方祖燊所說的第二種描述方法。

毛衣，翻著兔毛領子，一條牛仔褲，捲起了褲管，一直
捲到膝蓋以上，腳上，是一雙紅色的長統馬靴。脖子上
和胸前，掛了一大堆小飾物，……好時髦！好帥！好
野！好漂亮！[26]

不同於陶丹楓白皙的面頰與薄而小巧的嘴，林曉霜紅撲撲
的面頰、紅灩灩的嘴唇，加上年輕氣息的打扮：牛仔褲、寬腰
身的鮮紅毛衣、紅色長統馬靴，展現出時髦漂亮的紅色形象，
與陶丹楓出場的黑色形象產生極大的對比。在出場的外貌形象
上，一者長髮飄逸，一者短髮俏麗，迥然不同的一個分明對比，
由此可以明顯看到。

前面提到，江淮與江浩出場的描寫，主要是用來形成對
比。江氏兄弟各只有一種出場的形象；與之對立的，陶丹楓一
人呈現兩種迥然不同的出場形象——陶丹楓和林曉霜。瓊瑤刻
意營造一種無意識地比較，更透過比較的技巧，凸顯出陶丹楓
的多變與不可預測。

第三節　人物互動的刻畫

小說人物的互動透過動作和對話來表現，即人物與人物之
間的交談、動作等。不同於人物的單獨出場形象，這裏強調的
是人物之間的互動。

---

[26] 瓊瑤，前揭書，頁42。

　　小說中人物在表現互動時，不單單只有對話，往往還搭配著動作的表現，或者其他。「為了充分表現人物的性格，展示各種不同人物的風貌，僅靠描繪人物一、兩個動作，還是不夠的。」[27]「小說家在運用這些技巧的時候，當然不可能孤立運用，而是常常將它們綜合起來加以運用。」[28]因此，我們不應該硬生生地將人物的互動刻畫分類成動作描寫和對話描寫，而應該將注意力放在整體互動上，而不是強行將之分類。

　　研究文學作品中的人物必須關注到人物的全部複雜性。[29]由此來看，小說人物的動作描寫是很重要的：「小說在對其作品中的人物，尤其是那些舉足輕重的人物的行動描寫，就必須有選擇、有加工。」[30]方祖燊即言：

> 描寫小說人物的動態是非常重要的，沒有一篇小說少得了人物動態的描寫，我們應該描寫人物的聲音、笑貌、對話、小動作和風度。……表情和神態可以使人看出人物心理的活動，複雜的情思，有時是語言所不能說盡的；從人物簡單的手勢和動作之中，可以使讀者觸摸到人物的情感和性格；這也都是一種可以令人體會的語言。[31]

　　另外，文學是語言的藝術，小說中的人物也透過語言來表

---

[27] 傅騰霄，前揭書，頁 69。

[28] 同上註，頁 76。

[29] 王常新，《文學評論發凡》（臺北：文史哲，1995），頁 166。

[30] 同上註，頁 66。

[31] 方祖燊，前揭書，頁 334。

現情感與性格:「『言爲心聲』,小說的人物語言是揭示人物性格、表現人物情感的主要手段。」[32]成功的人物的語言描寫,可以直接、自然表現出來人物的身分與氣質,甚至不需要描寫人物的外在樣貌,就可以使讀者產生清晰的形象。

語言的外在表現,在人與人之間互動,產生對話,對話的功用正也緊緊扣著人物的形象:

> 小說中,對話的作用極多,其中顯示人物身分、教養,進而暗示性格傾向,人格特質等是主要的任務。怎麼樣的人,就說怎麼樣的話,這是極淺顯的道理。尤其在重大心理衝突的時刻,脫口衝出的語言,更可使這個人物性格表露無遺。[33]

瓊瑤小說中的對話運用,讀起來總是相當口語,也使讀者伴隨產生身歷其境的感覺,產生自己就是故事主角的強烈幻想。因爲人物之間的動作和對話表現,沒有辦法明確地分割,所以,以下將合併來談,從人物間的互動來看,盼能看出其中的趣味。

小說中提到,有一回陶丹楓和江淮共進晚餐,江淮急切地詢問陶丹楓這些年的生活狀況,陶丹楓簡單地回答,帶著難得出現卻輕愁似的微笑,以及如水的眼光、如夢的聲音,冷靜地回答:

---

[32] 方英等,前揭書,頁 185。
[33] 李喬,《小說入門》(臺北:大安,1996),頁 140。

「說詳細一點。」他命令的。

「詳細也是那麼簡單。」她難得的微微一笑，笑容裏也帶著輕愁。「我在表演，演舞臺劇，跑龍套。我賺錢，拚命的賺錢，工作得很苦很苦，賺錢的目的只有一樣，賺夠了錢，回臺灣，看看我姐姐的墓地，看看我那個從未謀面的姐夫！」她眼光如水。「不，我不該叫你姐夫，只能叫你江淮。江淮——」她聲音低沉如夢。「你這個傻瓜，你為什麼不在她死亡以前娶她？那麼，我在臺灣，多少還找得到一個親人！」[34]

這段對話的描寫可以看出江淮對陶丹楓過去生活的關切，而陶丹楓卻只是冷冷地回答他，不過，透過陶丹楓的回答，可以感受到她在國外的苦日子，希望賺夠錢回臺灣。當提到「姐夫」時，陶丹楓口氣轉急，並激動起來，帶著些微責怪的口氣，表達自己的孤單。

　　江淮積極地想要陪伴陶丹楓，為她趕去孤單的感覺，於是兩人一起回到陶丹楓的住處。當陶丹楓換好衣服，江淮卻瞪大眼睛，驚訝地看著她：

「怎麼了？」她問，微笑著，黑眼珠是浸在水晶杯裏的黑葡萄。「有什麼事不對嗎？」

「哦！」他回過神來，不自禁的吐出一口長氣。「你又嚇了我一跳！」

---

[34] 瓊瑤，前揭書，頁28。

「你怎麼這麼容易被嚇著？」

「你從全黑，變成全白，從歐化的黑天使，變成純中式的風又飄飄，雨又瀟瀟！好像童話故事裏的仙女，變化多端，而每個變化，都讓人目眩神馳！」[35]

從江淮所說的話，可以發現，陶丹楓現在的形象，褪去早上出現在江淮面前的全身黑，改而成為飄逸的白色仙女，而他所謂的「變化多端」也為未來的發展埋下伏筆：陶丹楓的變化不僅止於此。

她接著變身成林曉霜。陶丹楓是她的本名，那林曉霜呢？為什麼要用「林曉霜」這個名字呢？在小說的後半段，透過對話有所說明。陶丹楓對江淮說：「我送黑天使給你，告訴你我要復仇。我選了林曉霜這個名字，因為它就是丹楓兩個字。」「林曉霜就是丹楓兩個字？」陶丹楓說明「林曉霜」這三個字是從西廂記名句中「曉來誰染霜林醉」一句轉譯而來的：「早上醉了的霜林，就是紅色的楓葉。」[36]

變身成林曉霜後，她只出現在江浩的面前。甫出場，就和江浩產生一陣幽默的對話，一掃先前和江淮互動的沉重氣氛。林曉霜和江浩的這場互動，藉由一隻小狗展開對話：

「你為什麼要抱走我的雪球？牠是有主人的，你不知道嗎？你抱牠去幹什麼？想偷了去賣，對不對？我上次的那隻煤球就被人偷走了，八成就是你偷的！還是大學生

---

[35] 同上註，頁 36。

[36] 同上註，頁 255。

呢,根本不學好,專偷人的東西……」

「喂喂,」他被罵得莫名其妙,怒火就直往腦子裏衝,他大聲的打斷了她。「妳怎麼這樣不講理?誰偷了妳的狗?我不過看牠好玩,抱起來玩玩而已!誰認得妳的煤球炭球笨球渾球?」

那女孩站住了,睜大眼睛對他望著,臉上有股未諳世故的天真。

「我只有煤球雪球,沒有養過笨球渾球。」她一本正經的說。「也沒有炭球。」[37]

　　這裏可以搭配前述的出場描寫參照著看,她是活潑、敢於運用語言表達自己感受的。[38]林曉霜的形象與陶丹楓的形象完全不同,與其他人物的語言或是動作互動也可以明顯觀察出。比如說,林曉霜在江浩的房間裏跳舞的段落描寫:「那是一支『狄斯可』,節拍又快又野,立即,滿屋子都被音樂的聲音喧囂的充滿了。她跳起來,光著腳丫,隨著音樂舞動,熟練的大跳著『哈索』。」[39]此外,說話的風格也與陶丹楓的氣質帶著淡淡的哀愁不同,林曉霜相對之下顯得豪邁、直接,比如說:「我讀的是教會學校,那些老尼姑!她就希望把我們每個人都變成小尼姑!她們自己嫁不出去,就希望所有的女孩子都嫁不出去!她們心理變態!」[40]

---

[37] 同上註,頁 41-42。
[38] 佚名,〈此人只應天上有〉,《張老師月刊》23 卷 5 期,1989 年 5 月,頁 49。
[39] 瓊瑤,前揭書,頁 50。
[40] 同上註,頁 47。

　　另外，關於男主角的事業型的男性形象，陳彬彬在其著作
《瓊瑤的夢：瓊瑤小說研究》的第三章〈瓊瑤人物畫廊〉中有
相關論述：「在事業上已有成就，有著英俊優雅的外表，一定
的經濟實力或財產。而且大多能幹有才華。……在經歷了不少
的『經歷』之後，這些人物又會遇到比他們小得多的，純真的
少女。」[41]江淮就被歸在此類。

　　江淮在弟弟面前，會提醒弟弟對於林曉霜不應該太過投
入：「保持距離，以策安全！」[42]不過，當自己面對陶丹楓的時
候，卻無法自拔地陷了下去。江淮在陶丹楓身上看到陶碧槐的
影子，因此他把對陶碧槐的愛，都關注在陶丹楓身上：「他再
也顧不得其他，俯下頭去，他立即緊緊的、深深的、忘形的捉
住了她的唇。似乎把自己生命裏所有的熱情，都一下子就傾倒
在這一吻裏了。」[43]

　　在林曉霜消失之後，江浩急忙向哥哥求救，江淮在發現林
曉霜就是陶丹楓之後，正經嚴肅地要江浩忘掉林曉霜，因為她
是一個從一開始就不存在的人。但是江浩卻回答：「你為什麼
不忘掉陶碧槐？你為什麼不忘掉陶丹楓？而你叫我忘掉林曉
霜！」[44]

　　江淮守著一個最大的秘密，因為這個秘密對陶丹楓的影響
將會很大，他一直不願讓陶丹楓知道她姐姐死亡的真正原因，
但是陶丹楓卻認為是江淮害死姐姐陶碧槐，因而對她處處隱

---

[41] 陳彬彬，前揭書，頁132。
[42] 瓊瑤，前揭書，頁122。
[43] 同上註，頁74。
[44] 同上註，頁246。

瞞。

　　最後，江淮拿出陶碧槐生前的日記，並且娓娓地說明陶碧槐真正的死因，以及他極盡所能隱瞞這件事的原因：

> 他忽然抬起頭來，熄滅了煙蒂，他目光銳利的看著丹楓。
> 「丹楓，妳還要聽嗎？妳真的要聽嗎？」
> 她渾身通過了一陣顫慄，她的眼珠黝黑得像黑色的水晶，臉色卻像半透明的雲母石。她啞聲說：「是的，我要聽！我要知道，我的學位到底是建築在什麼上面的！」[45]

看到江淮銳利的眼神，陶丹楓感到顫慄，臉色透過和自己眼珠的對比，更顯出蒼白，即使如此，她仍要江淮將實情說出來。

　　江淮一邊喝著酒，一邊說出陶碧槐的事：「他端起了酒杯，已經空了。江浩把自己的遞給了他，他啜了大大的一口，眼睛望著窗子，暮色正在窗外堆積，並且，無聲無息的鑽進室內來，瀰漫在室內的每個角落裏。」說了一段，「他把杯中的酒再一仰而乾，轉過頭來，他正視著丹楓，陰鬱的，低沉的，一口氣的敘述下去……」「他把空酒杯放在桌上，他盯著丹楓，眼光在暮色中閃閃發光。這長久而痛苦的敘述刺激了他，他的語氣不再平靜，像海底潛伏的地震，帶著海嘯前的陰沉和激盪：『好了，丹楓，妳逼我說出了一切！』……」[46]這裏則是透過動作的描寫，推動時間的進行。

---

[45] 同上註，頁275。

[46] 同上註，頁279-281。

最後，即將搭機飛回英國的陶丹楓，在機場櫃檯被江浩一手攔下：

> 打開皮包，她拿出護照、機票、黃皮書，開始辦手續，剛剛把東西都放在櫃臺上，忽然，有隻手臂橫在櫃臺前，攔住了她，她一驚，抬起頭來，眼光所觸，居然是那年輕的，充滿活力的江浩！她的心狂跳了一陣，弟弟來了，哥哥呢？她很快的四面掃了一眼，人擠著人，人疊著人，沒有江淮。江浩盯著她，眼珠亮晶晶的。[47]

從這段對話就已經可以看出，這時的陶丹楓心裏已經認定江淮了，希望是江淮把自己攔下。而江浩則接著用開玩笑的口氣，挑著眉對陶丹楓說：

> 妳曾經為我塑造過一個林曉霜，妳怎麼知道我喜歡這種典型？既然妳如此瞭解我的需要和渴求，那麼，妳有義務幫我在真實的人生裏，去物色一個林曉霜！……每一個當嫂嫂的人，都有義務幫小叔去物色女朋友！尤其是妳！[48]

雖然失去了林曉霜，但江浩仍不改他自始至終的幽默個性，開玩笑地要求陶丹楓替自己物色女朋友。

接下來，江淮出面在她面前，陶丹楓只是一個勁地哭，江

---

[47] 同上註，頁 299-300。
[48] 同上註，頁 301-302。

淮於是開口問她是否有話要講，陶丹楓終於才吞吞吐吐地表達
出自己心裏對江淮的愛意：

> 「你什麼話都不說嗎？你沒有什麼話要告訴我嗎？」
> 「我……我……」她抽噎著：「我想說，但是不敢說。」
> 「為什麼？」
> 「我……我……怕你以為……以為是臺詞！」
> 「說吧！」他鼓勵的。「我願意冒險。」
> 「我……我……」她囁嚅著。「我愛你！」[49]

　　陶丹楓擔心江淮不相信自己的告白，認為是臺詞，原因是
之前她扮演了多端變化的兩個身分穿梭在兄弟倆之間，充滿了
臺詞和謊言。這裏也可以看成是女性對男性的愛的屈服，看得
出瓊瑤有意表達「女性向男性復仇的終不可能」。[50]
　　這節探討了瓊瑤對於小說人物互動的刻畫，不過，「小說
人物的一切動作行為——表情反應、舉手、投足、談吐言語、
心靈思緒，是製造故事情節發展的主要條件。」[51]人物的動作、
語言等行為領著情節的發展，所以人物的互動刻畫難免牽連情
節的發展，沒有辦法清楚分開的。

---

[49] 同上註，頁 305。
[50] 齊隆壬，〈瓊瑤小說（一九六三～一九七九）中的性別與歷史〉，收錄
　於林燿德，孟樊主編，《流行天下：當代臺灣通俗文學論》（臺北：時
　報，1992），頁 73。
[51] 陳碧月，前揭書，頁 70。

第四節　人物的類型

　　英國小說家佛斯特（E. M. Forster）於《小說面面觀》一書中，將小說的人物分為扁平人物和圓形人物兩種，他認為扁平人物（flat character）性格和思想單一，是二維平面上的簡單人物，容易一眼就讓讀者看穿，甚至只需用一句話就能描述此人物自始至終的思想和性格，也有人主張「扁平」帶有貶謫的意思，應該用「平面人物」來稱之。[52]反之，圓形人物（round character）的性格複雜，難以預測後來的性格和思想發展，是三維的、立體的人物。[53]

　　從人物的描寫為角色劃分類型，或多或少與故事情節有關，因為人物正是推動故事進行的要素，人物生活在社會中，如果離開「人」，就不會有彼此間的糾葛、互動，也不會有故事情節，就不能發展出敘事性的小說作品了。[54]不過，為小說人物分類主要還是依據人物在小說中的表現，或是人物的性格：「瓊瑤小說中的人物沒有什麼絕對的好人和絕對的壞人，他們之間的矛盾衝突也來自於他們的性格。」「男女主人公的悲喜劇來自於他們的性格。性格就是命運，這是瓊瑤小說最主

---

[52] 葉有林，〈從佛斯特與馬振方對「人物型態」看法的異同——論「扁平人物」應正名為「平面人物」；「圓形人物」應正名為「立體人物」〉，收錄於張健主編，《小說理論與作品評析》（臺北：文津，2003），頁 102。

[53] E. M. Forster 著，李文彬譯，《小說面面觀》（臺北：志文，2002），頁 92。

[54] 王常新，前揭書，頁 148。

要的特色。」[55]

　　以下我們可以將《雁兒在林梢》的主要人物：陶丹楓／林曉霜、江淮、江浩，做一個人物偏向類型的歸類。

《雁兒在林梢》的人物偏向類型

人物	偏向類型	性格特徵
陶丹楓	圓形人物	扮演兩個性格迴異的角色。
江　浩	平面人物	個性單一，從頭到尾幽默逗趣。
江　淮	平面人物	所做的行為晦暗不明，掩藏秘密。

　　女主角陶丹楓，在江淮、江浩兩兄弟間同時扮演了陶丹楓和林曉霜，不僅外在形象差異極大，所表現出來的個性也有顯著的變異，一者典雅沉鬱，一者活潑豪放。雖然她帶著復仇的心出現，但最後仍被「愛」感動，「情」取代了她心中原來的仇恨，也改變了她想要復仇、緝兇的意。

　　她的性格複雜，並且扮演了兩個性格衝突的角色，強化了陶丹楓和林曉霜兩個個別角色的形象：「利用性格的衝突來刻畫人物，使人物與人物間的對立性格發生尖銳的衝突時，就加倍強烈地寫出兩個人物的性格。」[56]因為兩個迴異的角色都相當突出，我們難以預測陶丹楓性格的發展：

　　　她在人物的造形上，常是處在矛盾的情況中，一個問題

---

[55] 湯哲聲，《中國現代通俗小說流變史》（重慶：重慶，1999），頁139。
[56] 陳碧月，前揭書，頁92。

——愛、恨，反來覆去，似乎是男女主角都患了人格分
裂症，個個都是愛得置對方於死地後突轉回一線生機。
[57]

所以，陶丹楓是個立體的角色，因此可以將之歸類為圓形人物。

相對之下，男配角江浩，一出場，就和林曉霜有一場逗趣
的吵鬧。故事發展過程中，到處玩耍，並充滿幽默、率真，比
如說，他與哥哥江淮的「貧嘴」，也很生動：

「老四！」江淮氣得臉都發青了，眉毛都直了。「很好，
人各有志，你亂你的，我乾淨我的，我管不了你！但是，
老四，你別做出傷風敗俗的事情來，讓爸爸媽媽知道
了，會掀掉你的皮！」
「傷風敗俗？」江浩的眼睛瞪得滾圓。「我偶爾傷風感
冒一下倒是有的，又怎麼談得上傷風敗俗了？」[58]

過程中的風趣、率真性格，讓人感覺其個性單純，易讓讀
者一眼看穿。所以我們甚至可以在結局之前，就以他一貫的幽
默性格，推導結局時，即使他失去了林曉霜，最後也能幽默以
對，開玩笑地要求陶丹楓替自己物色女朋友。而男主角江淮，
最後雖化解了陶丹楓心中復仇的恨意，但其性格不像陶丹楓那
樣多端變化；反而極單一，充滿隱瞞與灰澀，他的所作所為從
頭到尾都為了「愛」而隱瞞，掩藏著天大的秘密，明顯歸屬在

---

[57] 子子，〈我該是個好的見證吧〉，《文藝》64 期，1974 年 10 月，頁 170。
[58] 瓊瑤，前揭書，頁 116。

一類晦暗不明的類型。因此,也將之歸類爲平面人物。

雖然是平面人物,性格單一,但是一部有內容的小說常需兼有圓形人物和平面人物,而不是只有圓形人物就會精采,[59]所以江淮、江浩兩兄弟在此小說的存在價值也是不亞於陶丹楓的,或者可以說《雁兒在林梢》人物描寫的圓形人物與平面人物兩者相互烘托,形象皆十分突出。

從《雁兒在林梢》的人物描寫我們看見了瓊瑤對人物描繪的功力是令人信服的,成功刻畫了令讀者印象深刻的類型人物,[60]兼具性格多變的圓形人物與性格單一的平面人物,使讀者更能透過瓊瑤的人物描寫技巧,進入小說的中心情感。

第五節　結語

綜上所述,瓊瑤小說與一般純文學作品一樣,都有一定程度的文學價值。本文從人物的出場、人物的互動以及人物的角色類型三者,來看瓊瑤的單部小說《雁兒在林梢》的人物描寫。而小說人物與其他構成的要素,比如說情節、語言等緊緊相扣,難以清楚分開探討,因此,最後歸類角色的類型難免牽扯情節的發展;也可以說,人物推動情節的發展,情節又反過來成爲分辨角色類型的依據。

---

[59] 林保淳,《古典小說中的類型人物》(臺北:里仁,2003),頁1。
[60] 古繼堂,《臺灣小說發展史》(臺北:文史哲,1992),頁376。

　　人物的出場給讀者深刻的第一印象，陶丹楓和其假扮的林曉霜是最明顯的一個對比，前者黑白沉鬱，後者淘氣活潑，也是此小說人物描寫最成功的段落之一。並且透過江淮與江浩分別的出場形象，形成對比。另外，人物動作和對話的互動，更強化了人物出場的形象，並作更進一步的延伸與發展，將出場的形象，連結到最後的結局，架構出每個人物的完整形象，並突顯這些角色所偏向的類型。

　　陶丹楓同時扮演了林曉霜，兩個角色在外在形象和表現的個性都有極大的不同，她的性格複雜多變，難以預測其性格的發展，因此將她歸類為圓形人物。另外，江浩年輕愛玩，風趣、率真，並且性格變化單一，自始至終都不改風趣表現；以及江淮的性格偏屬單一，就如同他初出場的那個場景，灰灰的、迷濛的，過程中處處隱瞞，因此將江氏兩兄弟歸類為平面人物。

　　一部複雜的小說，在人物的塑造上，應該要能兼有平面人物和圓形人物，妥善透過對比的手法，可以使得兩者相得益彰，都更加突出。因此，可以說《雁兒在林梢》的人物描寫之所以成功，關鍵就是在兼有圓形人物和平面人物，並且彼此相依、相互產生明顯的對比。瓊瑤小說的人物描寫，透過本文對《雁兒在林梢》的探討，可以明顯感受到她是有相當的成績。

引用書目

子子,〈我該是個好的見證吧〉,《文藝》64 期,1974 年 10 月,
　　頁 169-171。

王常新,《文學評論發凡》,臺北:文史哲,1995。

方英等,《文學欣賞》,臺北:五南,2004。

方祖燊,《小說結構》,臺北:東大,1995。

古繼堂,《簡明臺灣文學史》,臺北:人間,2003。

──,《臺灣小說發展史》,臺北:文史哲,1992。

李喬,《小說入門》,臺北:大安,1996。

佚名,〈此人只應天上有〉,《張老師月刊》23 卷 5 期,1989 年
　　5 月,頁 49。

周秀萍,《文學欣賞與批評》,長沙:中南工業大學,1998。

林芳玫,《解讀瓊瑤愛情王國》,臺北:時報,1994。

林欣儀,《臺灣戰後通俗言情小說之研究──以瓊瑤 60～90 年
　　代作品為例》,國立中興大學中國文學系碩士論文,2002
　　年 6 月。

林保淳,《古典小說中的類型人物》,臺北:里仁,2003。

陳彬彬,《瓊瑤的夢:瓊瑤小說研究》,臺北:皇冠,1994。

陳碧月,《小說欣賞入門》,臺北:五南,2005。

張堂錡,《現代小說概論》,臺北:五南,2003。

葉有林,〈從佛斯特與馬振方對「人物型態」看法的異同——論「扁平人物」應正名為「平面人物」;「圓形人物」應正名為「立體人物」〉,收錄於張健主編,《小說理論與作品評析》,臺北:文津,2003,頁 91-104。

湯哲聲,《中國現代通俗小說流變史》,重慶:重慶,1999。

黃重添等,《臺灣新文學概觀》,臺北縣:稻禾,1992。

傅騰霄,《小說技巧》,臺北:洪葉,1996。

齊隆壬,〈瓊瑤小說(一九六三~一九七九)中的性別與歷史〉,收錄於林燿德,孟樊主編,《流行天下:當代臺灣通俗文學論》,臺北:時報,1992,頁 57-82。

蕭毅虹,〈花呀草呀雲呀天呀水呀風呀——瓊瑤作品的今昔〉,《書評書目》16 期,1974 年 8 月,頁 40。

隱地,〈讀瓊瑤的「追尋」〉,《自由青年》34 卷 7 期,1965 年 10 月,頁 12。

瓊瑤,《雁兒在林梢》,臺北:皇冠,1977。

顧曉鳴,《透視瓊瑤的世界》,太原:北岳,1989。

E. M. Forster 著,李文彬譯,《小說面面觀》,臺北:志文,2002。

第三章

平路《行道天涯》的女性書寫

蘇奕心

第一節 前言

平路崛起於女性作家風起雲湧的八〇年代中期,不同於一般女性作家所著重的閨閣文學,她的主題常圍繞在家國政治上,讓女性書寫有了一番新的超越。從〈玉米田之死〉驚艷各界後,平路開始活躍於文壇,她的創作手法以及作品主題不斷翻新,無論是寫實、後設或科幻,都極具書寫上的實驗性。

筆者選擇《行道天涯》一書,主要在於本書是表現歷史人物──宋慶齡的特殊作品。平路藉由情感慾望上的描寫,呈現出一個有血肉的女性,而非刻在歷史文本上的「聖女」,這在相關的作品中是一個很大的突破。在這部小說中,平路盡情展現她的臆想與技巧,無論小說中的情節是真是假,都讓讀者掉入那段北上的最後記憶,深深進入宋慶齡女性的秘密思維裡。

「女性書寫」,主要的作用即在於鬆動父權制,同時破除陽性中心男尊女卑的邏輯。[1]女性書寫的行為必須以主體意識的自覺為開展前提,確立女性與男性相對等的社會地位,並強調主體個人化特質的再現,藉由個人觀點切入歷史或自傳意義雙重性上,解構父權制的歷史文化。[2]

女(陰)性書寫和男(陽)性書寫最大的差別即在於,男(陽)性書寫講究線性邏輯發展以及彼此間的因果關係,但讀

---

[1] 蔡素英,《從邱妙津《鱷魚手記》及《蒙馬特遺書》探討女性主體意識之認同建構》,南華大學文學研究所碩士論文,2005 年 6 月,頁 17。
[2] 同上註,頁 57-59。

者往往無法參與文本之中；女（陰）性書寫非線性的邏輯觀念，它跳躍而具多變性，激發讀者的自由想像空間。[3]

　　平路有多篇小說都以女性書寫的方式探討女性意識，她試圖去顛覆父權，表現對於女性的關懷。在《行道天涯》一書中，平路即以情慾、情感去構築女性的歷史，她大膽的以國父孫中山以及國母宋慶齡爲題材，寫下他們埋沒在歷史洪流中的愛情故事。在這個不像歷史的歷史故事裏面，我們看見的是極內心地、極敏感而小心翼翼的主角，這次的故事不再是爲他們的英勇事蹟歌功頌德，它表現出同樣是人的主角們的平凡肉體，有血、有淚、有喜怒、也有悲傷。

　　許多人在閱讀平路的小說時容易關注在她的新手法或是新的文體，而忽略了她身爲女性作家所表現出的女性文學。關於《行道天涯》這本著作，多數學者也較爲關注它的歷史性，對於女性的主題反倒少著墨了。但大歷史誇張政治的欲望，平路的歷史是要書寫女性的情愛欲望，[4]平路所要表達的絕不是那死板的歷史，畢竟「歷史當然不只是『他』的故事，當歲月流逝，記憶漫漶；當『他』經歷挫敗，走向死亡，唯『她』能以優遊旁觀的立場，洞見愛情、生命與死亡的本質。」[5]平路一反男性敘史的高姿態，她選擇女性的角度與之抗衡，以女性的聲音去鬆動陽性的特質。[6]在這裡表現出女性獨特的思考思維，迥異於傳統以男性爲主的敘述，利用自我的揣想，顛覆了歷史文

[3] 同上註，頁19。
[4] 王德威主編，《禁書啟示錄》（臺北：麥田，1997），頁27。
[5] 梅家玲，〈「她」的故事——平路小說中的女性·歷史·書寫〉，收錄於代著，《性別論述與臺灣小說》（臺北：淡江大學中文系，1999），頁201。
[6] 王德威，前揭書，頁27。

本裡的宋慶齡，本文擬探析平路在《行道天涯》中以宋慶齡為主體，所表現出的女性特質，期以發現在歷史文本的陰影下，那女性化的一面。

第二節　女性敘述主線

　　《行道天涯》全篇六十二章，以孫中山、宋慶齡以及宋的養女這三條敘事主線作為基礎，發展出虛實交錯的故事。單數篇記敘孫中山北上的旅程，利用當時的報導篇章，呈現出一般人所熟知的正史；而雙數篇則以宋慶齡的角度輔以珍珍的角度描述出宋慶齡心中不為人知的愛慾情愁。平路使用這樣的多重視角是有其意義的，唐毓麗對於這點提到：

> 　　第三人稱全知觀點的「他」或「她」的隔章交錯陳述，單章敘述「先生」孫中山、雙章敘述「夫人」宋慶齡，再加上以「我」（珍珍）為主的敘述主體，表面是強化敘述主體分化的技巧、流竄的效果，實質上亦具有策略考量，企圖揭露黨史一言堂建構的虛假面貌。[7]

顯然平路的《行道天涯》巧妙地翻轉了歷史敘事上的主客位置——反「客」為「主」，將女性的視角提升到主要的位置，將女性的所思所欲書寫出來，除了彰顯出父權歷史主觀詮釋的欺

---

[7] 唐毓麗，《平路小說研究》，南華大學文學研究所碩士論文，2000 年 6 月，頁 110。

妄、失真外，也毫不隱諱地指出女性在歷史上所遭受的不公平
待遇。[8]

一、宋慶齡的主線

宋慶齡的這條線所牽引出的是她神秘的情感世界，如她與
她的情人們之間的愛情、與姐妹之間的敵對的矛盾等。

如上所述，雙數篇從宋慶齡的角度為主，以回憶的方式，
輔以部份的報章記載，帶出她那不為人知的情感糾葛與掙扎。
不同於單數篇正規正矩的佐以真實的史料，雙數篇的敘述帶有
更吸引人的情感張力以及愛慾的衝擊。

平路在這部份並沒有一條連貫的時間敘述，她將宋慶齡的
回憶拆開，然後再重新去拼貼它，[9]平路不從年輕的宋慶齡開始
敘述，反而從年老的她開始了這段故事。年輕的宋慶齡是強勢
的、帶著理想的，也許只有從離死亡如此近的老年時，我們才
能從已逐漸衰弱的宋慶齡身上去挖掘出她一生所極力掩藏的
內心種種記憶。

透過同為女性獨特的細密思維，平路筆下的宋慶齡所看到
的歷史不只是國共的分戰，不只是陳炯明的叛變，她看見的還
有她那未出世即夭折的孩子、她所放開的父親的手、她那心心

---

[8]　鄧美華，《平路小說對人生困境的省思——從自身經驗出發》，國立臺
　　灣師範大學中文系碩士論文，2005 年 6 月，頁 78。

[9]　賴素玟，〈歷史的虛構・小說的真實——我讀《行道天涯》中孫中山
　　與宋慶齡的故事〉，取自 http://www.nchu.edu.tw/~chinese/vdw5.html，
　　瀏覽日期 2007 年 1 月 3 日。

念念的情人 S。所以從女人的角度來寫宋慶齡,宋慶齡變得更纖細、更富有情感,她是那樣地戲劇化。

　　宋慶齡的意識主體非常清楚,她的敘述不只有女性的角度,當時女性所受到的社會上父權歷史與政治的壓抑,以及宋慶齡自我的堅強反抗,也在雙數章中一併表現出來。在從前封建統治的時代裡,有權力的人就有能力創造歷史──這是一個不容質疑的事實。[10]權力、禮教、地位,猶如層層的繭,束縛著宋慶齡,[11]但是宋慶齡不想自己只是孫中山的遺孀、黨史上所寫的兒童心目中慈祥的宋奶奶,雖然最後宋仍沒掙脫那「金絲籠」,但在女性的敘述上,雙數章所寫出的強烈女性自主是很重要的表現。

二、珍珍的主線

　　平路不願用一種全知、權威的聲音來述說這一段故事,所以我們在小說中看見了一個假設的敘述者──珍珍。[12]

　　珍珍是探索宋慶齡另一條極為重要的線,她出現在雙數篇的頭與尾,平路以回憶的方式,藉由她引導出宋慶齡生前死後在政治舞臺上如傀儡被操縱擺佈的晚景,以開啟宋悠悠心事的

---

[10] 趙銘豐,〈平路《行道天涯》──宋慶齡顧盼浩渺的情感風華〉,取自 http://unitas.udngroup.com.tw/g/essay/e97.htm,瀏覽日期 2006 年 12 月 14 日。

[11] 陳芳明,《危樓夜讀》(臺北:聯合文學,1996),頁 208。

[12] 楊照,〈歷史的聖潔門面背後──評平路長篇小說《行道天涯》〉,《聯合文學》11 卷 6 期,1995 年 4 月,頁 160。

對話機制。[13]珍珍這一角色與宋慶齡之間有著襯托的關係,珍
珍雖然不代表真正的歷史,但是平路透過珍珍的角色,融入了
更多想像與對話,去揣想在宋慶齡的晚年,她的生活是如何貧
乏枯燥、她的心境究竟有多寂寞悲傷。珍珍知道媽太太[14]對灰
色和藍色的毛裝厭煩、她記得媽太太那女性化的身體、她偷翻
過媽太太和鄧演達那張極曖昧的合照。

珍珍的角度代表的不僅是故事中刻意虛構的第三者,在故
事裡,她間接代表著作者的角度,她用著茫然又懸疑的口氣去
述說她的媽太太,她所認識的媽太太比起作者所認識的,好像
比較深,但其實又不盡然。因此她所問出的話處處有著作者的
影子,究竟是她問的還是作者問的呢?這樣的疑惑是珍珍的疑
惑還是平路的疑惑?「除了是媽太太,除了是底下人口裡的『首
長』,首長這首長那的,還是個怎樣的女人?」[15]平路建立這
樣一個角色,所要表達的就是以第三者的眼光輔以第一人稱的
敘述。

平路就像是角色扮演,她將自己的思想融入宋慶齡的血肉
裡,再翻出宋慶齡的記憶,然後把自己的嘴裝在珍珍的身上,
一一述說。也許平路所敘述的不像一般人所知道的宋慶齡,但
從另一個角度言,這反而更能表現出真正的、活生生的宋慶齡。

---

[13] 鄧美華,前揭文,頁 78。
[14] 小說中珍珍對宋慶齡的稱呼。
[15] 平路,《行道天涯》(臺北:聯合文學,1995),頁 50。

三、與孫中山敍述主線的比較

《行道天涯》所呈現出的是孫中山先生人生中最後一段的
旅程,當時孫正在北上的路程中,他的身體雖然呈現虛弱的狀
態,但是反映在他的意識上,卻呈現出前所未有的清明。平路
在描寫孫中山所敍述的單數篇時,採用的是虛實交錯的手法,
混淆了歷史的敍述與作者的想像與虛構,希望打破傳統歷史定
於一說的大敍述。[16]平路順著正史的記載描述出當時慌亂的過
程,她所寫出的時間順序幾乎是照著歷史的演進在走,其中輔
以當時報章雜誌的片斷報導,讓單數篇所呈現的故事更有條理
及秩序。

和雙數篇以女性為主軸的敍述不同,單數篇是秩序化的,
它的敍述有條有理,你可以知道前一段歷史是什麼,也可以想
見下一段歷史的發生,單數篇是依著規則在進行著;而雙數篇
的敍述是跳躍式的,帶點女性的多變,篇篇所敍述的時間無法
預測,她可以隨著回憶的活躍四處發展她的敍述,雙數篇沒有
所謂的定性與規律。

單數篇的敍述僵硬中帶有瀕臨死亡的寂寥,孫中山的世界
就是由政治所組成,他拖著疲憊老去的身軀汲汲營營於他的救
國事業,因此他的敍述交雜著政治局勢的語言與身體逐漸壞去
的不安,雖然篇章中也有觸及孫中山的情感世界,但是感情畢

---

[16] 賴素玫,前揭文。

竟不是他最重要的生命意義。而由女性主導的雙數篇畢竟是浪漫多了，在宋慶齡強烈的愛恨情仇交織下，她的敘述偏向感性的舒緩，政治在這裡起不了作用，雙數篇強調的是其所欲的愛情。

第三節　女性文字的敘述

一、跳躍的時間記憶

針對女性跳躍性的時間記憶，梅家玲提到法國女性主義學者克莉絲蒂娃（Juila Kristeva）關於時間的論點：「對於時間／敘述模式說到『象徵態』與『符號態』。」「象徵態」指的是陽性，也就是秩序；而「符號態」指的是陰性，即混亂無秩序。[17]

小說中由宋慶齡所主導的雙數篇，其敘述是跳躍的、不連續的，平路將宋慶齡的故事交融在過去、現在與未來，同樣是講述歷史，不同於以男性為主的呆板歷史，平路以更為活潑、更為接近內心的講述，轉寫出女性獨特的思考方式——以心之方向決定其敘述的方向。唐毓麗對於這點提到：

> 雙數章夫人的意識流動更是縱橫全篇，自由出入隨意壓縮的時空，過去、現在、未來在意識之流中交相滲透，

---

[17] 轉引自梅家玲，前揭書，頁 195。

幾乎完全以心理時間取代了物理時間,充分利用回憶過往來展望未來。在『她的歷史』部分,歷史的不連續性、史料的缺乏已不再是缺憾。雖不依序歷史重大事件的時序進行,反倒使敘事重點放在女性中心上。[18]

「物理時間」是順著時間的步調敘述,但是「心理時間」是隨心所欲的,「心」才是思考的帶路人,梅家玲說到:「其『秩序』與『無秩序』及『完整自足』與『瑣屑殘缺』間的映照,依稀可見。」[19]女性的時間記憶是片斷飄忽的,它沒有一定的規律,就像萬花筒一般,當你稍稍轉一個方向,它就呈現出與原本大不相同的風景在你面前,女人的心眼一轉,任誰也猜不出她的思緒;而男性的時間記憶則是有邏輯、有規律的,與歷史正本一樣,它尋求著確實與紀律,你固然可以修改它的內容,但改變不了那依著直線在走的軌道。

所以在平路的筆下,宋慶齡可以先在第十二篇回想著她那年輕的情人 S 是怎樣的溫柔體貼,再跳第三十六篇回到病榻上丈夫的模樣、第二十篇那如美少年一般的子安的死亡、第二十八篇穿著絲絨連身裙,像個洋娃娃似的那個小女孩、甚至是在書中的中段她才想起第一次見到孫文的那天。而孫文的篇章卻依著那張照片所給的時間,默默的進行他最後的歷史,緊跟著時間的腳步,不間斷地,直到閉眼的那一剎那。

在《行道天涯》中平路所描述出的女性記憶,即近似於克莉絲蒂娃所說的「符號態」的手法。而這樣的手法並不只表現

<hr>

[18] 唐毓麗,前揭文,頁 125。
[19] 梅家玲,前揭書,頁 195。

出女性獨特的思維，梅家玲認為這樣的「瑣碎殘缺」解構了「完整自足」的歷史真相。[20]

　　雖然頻繁的記憶跳躍可以帶出飄忽的節奏，但也表現出因關於宋慶齡的史料不足，而必須時時切換段落的無奈。[21]

二、豐沛的情感與心靈

　　女性是感性而充滿情愛的，吳培毓引用劉墉的一句話敘述女性的情感：「女人的偉大，在於她們有豐富的愛；女人的可悲，也因為她愛的太多。」[22]愛情是灌溉女性的水露，在《行道天涯》中，無疑地，平路筆下的宋慶齡不只是歷史記載中那樣的莊重靜潔，她也有著女性與生俱來的豐沛情感，不只是去愛人，她也渴望被愛。

　　當平路意欲進入，或許說營造文本人物豐沛的內在生命時，她必然會以己身女性自覺的角度，刻畫其間由真實蔓生而出的虛擬實境。當平路將焦點深入於情愛的爬梳，將不可避免釀造出多量私密性質的語絲，纏縛作家主觀而有所求的部份。[23]

---

[20] 同上註。
[21] 黃子平，〈「革命‧愛情‧死亡」的神話〉，《邊緣閱讀》（香港：牛津大學，1997），頁 18。
[22] 吳培毓，前揭文，頁 56。
[23] 趙銘豐，〈平路《行道天涯》——宋慶齡顧盼浩渺的情感風華〉，取自 http://unitas.udngroup.com.tw/g/essay/e97.htm，瀏覽日期 2006 年 12 月 14 日。

　　平路將宋慶齡的愛情分成了三個部分，一個是青春時與孫文的革命戀情，一個是中年時與鄧演達的曖昧戀情，最後一個則是老年時與生活秘書 S 的秘密戀情。

　　平路在描述宋慶齡年輕時的愛情時，她的語氣是略帶著一種狂熱的憧憬與仰慕，「我情願為孫文做一切需要我去做的事情，付出一切代價和犧牲！」[24]她筆下的主角是一位有著滿腔熱情的女性，她為了愛情奮不顧身，甚至犧牲掉自己的親情皈依，「她辜負了父親，為了孫文，背叛了父女間那種最親密的信任！」[25]但如願以償的主角在熱情退散後，才發現這樣的感情與她當初的憧憬竟是不同的。「她要的不是那種樣子的感情，始終不是！」[26]「哎，她想，自己心裡那神祕、奔放而浪漫的世界，丈夫倒還是沒跨進來！」[27]

　　而在描寫中年的宋慶齡與鄧演達在莫斯科的愛情的那一段，平路表現出的是一個遺孀所會出現的朦朧曖昧心境，心中雖喜歡這樣的自由快樂，心裡雖是隱隱不安，但卻也是她往後回憶起來時最美好的時光，當鄧演達最後死於文化大革命的政治暗殺後，宋慶齡心情的灰暗慘敗可想而知，「……鄧演達死的時候，她唯一的意念是為什麼沒把自己也一齊殺死？」[28]

　　至於晚年時與生活秘書 S 之間的祕密戀情，平路也著墨許多。老年婦女的她的愛情該是如何呢？「把自己交給別人不是件容易的事，小姑娘時候她不曾這麼做，做孫夫人的時候也沒

---

[24] 平路，前揭書，頁 146。
[25] 同上註，頁 139。
[26] 同上註，頁 131。
[27] 同上註，頁 152。
[28] 同上註，頁 178。

有……現在老了，她學著把自己交給他。」[29]S 是宋慶齡感情最後的依歸，她不只要身體的快樂，她把自己也交給了他。在這裡，平路所描述的是安於平凡快樂戀情的女人，不同於之前的轟轟烈烈，但感情反而更加濃烈。

不只是宋慶齡落入了這樣的愛情漩渦之中，在《百齡箋》[30]中，宋美齡與丈夫角力到了最後，她才明白「在這個冰冷的人世間，除了丈夫的恩寵，任何人對她的生活原來毫無裨益！」[31]在平路的筆下，女性原來都是這樣的渴求愛、需要愛，在 S 離開她後，宋慶齡明白了：「……一生中最寶貴的還是情愛。」[32]

平路在故事最後仍然以常見的情愛作結，沒有出人意表的創新，對激進的女性主義者而言，這樣的結論無疑地令人失望：在繞了一大圈後，怎麼又回到老掉牙的愛情與死亡神話裏去了？不過梅家玲認為，對以文學為志業的平路，這樣迴旋迂曲的方式其實也是為「她」的故事尋找另一出路。[33]

三、大膽的身體慾望

關於身體書寫與女性敘述之間的關係，林麗裡曾在《當代臺灣女小說作者及其未來發展》中提到西蘇的論點：「身體與

---

[29] 同上註，頁 65。
[30] 平路，《百齡箋》，（臺北：聯合文學，1998）。
[31] 同上註，頁 124。
[32] 平路，《行道天涯》，頁 103。
[33] 梅家玲，前揭書，頁 201。

生理在在都影響著語言的運用,所以,唯有『書寫身體』才能
顯現陰性的特質。」[34]

　　而蔡素英也在〈從邱妙津《鱷魚手記》及《蒙馬特遺書》
探討女性主體意識之認同建構〉一文中提到:

> 所謂身體書寫並非直接以身體語言或姿態進行意義詮
> 釋,乃是以一種關於「身體的語言」以表述女性整體。
> 此種運用女性身體部分與生理之語言,乃作為揭示社會
> 權力結構中女性之邊緣地位,及女性主體用以反抗陽性
> 中心性別分類壓迫之方式。因此,西蘇認為女性必須進
> 行身體書寫,以表述出完整之自我主體。[35]

　　因此雖然宋慶齡是歷史上有著崇高地位的人物,但是平路
不避諱的以大量的身體描述來呈現她,對身體情慾的大量鋪
敘,是《行道天涯》顯而易見的特色。[36]

　　平路從身體的角度去帶出她的主角,從珍珍的回憶:「年
老婦人垂在胸前的奶子,象一對滴溜下來的瓠瓜,即使年紀已
經八十歲,她依然有十分女性的身體,肩膀柔軟地下垂,從脖
頸到腰間,畫出一個優美的弧形……」[37]開始,平路在書中斷
斷續續的透露出宋慶齡身體的一切。

　　平路不刻意用著華美虛偽的文字去掩飾老去女人的肥大

---

[34] 林麗裡,《當代臺灣女小說作者及其未來發展》,佛光人文社會學院未
　　來學研究所碩士論文,2006 年 6 月,頁 36。

[35] 蔡素英,前揭文,頁 55。

[36] 同上註,頁 14。

[37] 平路,《行道天涯》,頁 37。

身體，相反地，她大量的描寫宋慶齡的身體，胖得不顯形狀的肩胛骨、恥骨下方那泛不起任何慾望的鴿灰、那浮腫的臉，這就是老女人所有的形象，即使她是一位名女人，一位高潔莊雅的名女人，她仍然得面對身體對年齡所呈現最誠實的反應。

在宋慶齡晚年時，那與生活秘書 S 種種的親密接觸，平路也詳實的描述出來，S 為她盤髮、S 扶她的腰，呵她的癢、S 用著他溫暖潮濕的手為她推拿，雖是孫中山聖潔的遺孀，但是宋慶齡不放棄與人身體上的親密接觸，她的肌膚皺了、鬆弛了，卻益發強烈地渴望著與人的接觸。[38]

身體是表現出慾望最直接的工具，平路大膽且巧用這樣利器，表現出女性被刻意打壓的慾望，讓這一位金絲籠裡的女人有了抒發情慾的機會。

第四節 形象的顛覆

許多的偉大的歷史人物都是經過造神運動而來的，誠如賴素玫在〈歷史的虛構・小說的真實〉一文所說：

> 往往為了政治權謀的目的，擬定了神話般的系譜與英雄人物，藉由文化、教育體制的宣導與複製。如此一來，曾經被奉為偉人的歷史人物，他們的事蹟、個性、乃至於他們的情欲都成了歷史大敘述的一部分，他們的故事

---

[38] 同上註，頁 65。

　　　　隨著歷史大敘述的論述方向而移動、更改。[39]

因應當時的政治需求，在有意的操作下，任何偉人都可能被神化，建立銅像擺在國家最鮮明的位置。在中國國民黨的刻意神話下，孫中山的革命與建國是何等的偉大，榮耀、崇高等等的字眼都降落在孫中山的身上，[40]想當然爾，孫中山的遺孀宋慶齡在他們的眼中，不可能只是個喪夫的寡婦，她有著政治的利用價值，她必須爲國家、爲政治而犧牲奉獻。可以想見當先生的地位越是崇高，他的遺孀宋慶齡的處境，只有比平凡人更爲不堪、更少自由，也承擔更大的恐懼、傷痕與寂寞。[41]

　　在歷史裡存在的是樣版的宋慶齡，她沒有情感也沒有靈魂，但在平路的小說裡，她就是要掀開這樣的歷史迷障，陳芳明提到：「歷史是事實的紀錄，但也可以是事實的欺罔。」[42]平路不只要認識歷史表面的宋慶齡，她有更大的野心，她要找出屬於宋慶齡所該有的生命表現，身爲一個女人所該有的纖細而私人的秘密世界，她必須把宋慶齡從那陽性主義中、從那死板的刻畫中拉拔出來，她必須說明，宋慶齡不是在父權體制下乖乖聽話的人，她曾經以她的血、她的肉，真實的存在過。在平路的眼裡，宋慶齡不只是一個愛國的女人，也許情愛之於她，比國家更爲重要。

---

[39] 賴素玫，前揭文。
[40] 陳芳明，前揭書，頁207。
[41] 唐毓麗，前揭文，頁82。
[42] 陳芳明，前揭書，頁208。

一、政治的冷感

　　在男性環伺的政治界裡，宋慶齡以一介女子的身分斷然介入，身爲政治要角孫中山的夫人，宋慶齡對政治的了解不比任何一個男人差。在爭奪正統統治地位的戰爭之中，宋慶齡被奉爲「國母」，她一定要像傳統堅貞的女性一樣，爲國犧牲，至死方休，至此，她與政治似乎是更分割不開了。

　　但這樣一位在歷史上活躍於政壇的女性，在《行道天涯》裡卻是如此的對政治感到疲憊。小說中呈現出她這樣的想法：

> 對於這個世界會不會合乎理想她從頭沒有把握，到現在，她更完全失去了指望。[43]
> 回顧這一生的經歷，對她而言，政治是虛擲了精力的迷航！[44]
> 她失望透頂了，對這個世界，她再不存在任何幻想！[45]

　　在政治圈載浮載沉大半輩子，也許已經磨掉了當初她和孫中山所共同擁有的夢想，隨著孫文的死亡，那股熱情好像已經跟著逝去的愛情一樣越飄越遠，當她所愛的男人們都死於政治鬥爭之下時，平路給了宋慶齡另一個結局，不同於中國國民黨

---

[43] 平路，《行道天涯》，頁 78。
[44] 同上註，頁 131。
[45] 同上註，頁 200。

與中國共產黨所加在她身上的政治狂熱，宋慶齡是可以心灰意冷的、她是可以躲在她的宅邸，對政治冷眼旁觀。

二、情慾的追求

　　在孫中山逝世後，宋慶齡被套上了國父遺孀的身分，這樣的稱號也許尊貴，但是被尊爲國母的代價卻是必須犧牲自己所有的私人情慾。當宋慶齡被安置在神聖崇高的地位時，就失去了凡人所能擁有的情感生活，她被權力控制，所有對情慾的嚮往都必須冷卻下來。[46]

　　在《行道天涯》中，平路破除國母所應有的聖潔形象，她筆下的宋慶齡雖然已經老去，卻有著屬於女人該有的慾望：「在那之前，不知道多久的時間，她的肌膚皺了、鬆弛了，卻益發強烈地渴望著與人的接觸。」[47]平路提到年屆六、七十歲的女人還有情慾需求，這是驚世駭俗的。[48]雖是驚世駭俗，平路仍執著的描述出一個年老女人所追求的情慾。宋慶齡需要愛情，她渴望得到愛情，也亟欲付出愛情：「那麼多韻事，一個接一個男人，我希望啊，一次也好，我真的得到過什麼趣味。」[49]雖然她的丈夫死了，但是她的情慾並沒有死，它只是暫時被壓抑住了。

---

[46] 陳芳明，前揭書，頁 207。

[47] 平路，《行道天涯》，頁 65。

[48] 同上註。

[49] 同上註，頁 62。

　　年輕的宋慶齡其實已是個主動積極的女性，從年輕時主動告訴孫文私奔的計畫，到後來她寫信告訴自己的弟妹表達自己的決心，可以知道宋對情欲的追求是積極的，即使受到家庭的阻礙，她也奮不顧身。

　　平路在描述晚年的宋慶齡與她的生活秘書 S 之間的私密感情最是直接：「S 甚至扶她的腰，呵她的癢，再頑童似地把她手臂反剪到背後。」[50]「她費盡心力在取悅一個小她三十歲的男人！以她來說，這才是最新鮮有趣的經驗。」[51]

　　宋慶齡不是無慾的，與大家所認知的不同，平路認為宋慶齡不只有慾望，而且擁有強烈的慾望，「從哪一年開始？她再不放過理應得到的一些快樂……」[52]雖然受到壓迫，但她不在乎歷史怎麼寫她，[53]她只是想追求自己的快樂和愛情。平路曾說到：「她，我寫的她，至少是我心目中的她，在情慾的語彙裡，她奮不顧身，曾經……翻轉了一個世界呢！」[54]

　　不過平路對於描寫宋慶齡的情慾方面雖有突破，但仍是小心謹慎，陳芳明認為《行道天涯》裡還是賦予宋慶齡太多的神性，雖然知道宋慶齡的情慾在燃燒，渴望釋放，但平路下筆仍是節制了點。[55]王德威說：「在情慾敘述的門檻幾度徘徊，她退卻了。」[56]平路自己也提到：「我那麼小心翼翼地，深怕又

---

[50] 同上註，頁 65。
[51] 同上註。
[52] 同上註，頁 62。
[53] 同上註，頁 206。
[54] 同上註。
[55] 陳芳明，前揭書，頁 207。
[56] 王德威，前揭書，頁 27。

有什麼地方褻瀆了她，情慾的想像，要成爲極端清明的自制。」[57]在鄧美華的論文裡也提到，平路曾強調，對自己來說，情慾並不是非要如火如荼才算，那反而是男性的一種刻板印象。[58]

唐毓麗提到：「小說想要藉由描寫宋，證明她不僅是作爲孫中山的遺孀而存在，而是一個情欲的主體。」是的，對宋慶齡而言，她的一生是由對情欲的渴望和追求所鋪寫的。[59]平路藉由作家的筆，勾起了宋慶齡細膩的情慾，我們看見的不再是樣版似的貞節國母宋慶齡，而是大膽而勇於追求慾望的女人宋慶齡。

三、虛僞的神化

在中國共產黨的紀錄上，宋慶齡是中國人民共和國的榮譽主席，「榮譽主席」——想想這該是多麼光榮！多少共產黨人爲共產黨一生付出、鞠躬盡瘁，都得不到這樣的頭銜呢！但這樣的榮譽在平路的筆下，不過就是一樁樁政治的手段。針對這點，陳芳明認爲宋慶齡在中國共產黨的權力結構裡其實無足輕重，但因爲他們必須對歷史、對人民有所交代，因此，他們膜拜她也神化她。[60]平路認爲在那華麗且高貴的外表包裝下，其實隱藏的只是政治的種種慾望與鬥爭。

---

[57] 平路，《行道天涯》。
[58] 鄧美華，前揭文，頁 72。
[59] 唐毓麗，前揭文，頁 122。
[60] 陳芳明，前揭書，頁 208。

　　《行道天涯》裡所陳述出來的歷史畫面，和現已出版的《宋慶齡傳》是如此的不同，宋慶齡的崇高形象不過是政治上所需要的手段，政治需要宋慶齡來當做象徵，而這個重要的象徵不需要其它的表現或功用，她的身軀已脫離個體化的意義成為寓寄神聖與理想的抽象信念的承載物，[61]她只要當個安安靜靜的塑像就行了，因此宋慶齡自己明白：

> 表面上，當權的人對她像剛解放一樣時一樣地尊崇，但她知道自己愈來愈聊備一格。[62]
> 前幾年，她還需要參加亮相式的國務活動；這一兩年，除了要在六一兒童節時發表一篇祝詞，她根本用不著出門或見客。[63]

　　宋慶齡的歷史充滿的是政治的色彩，就連應該誠實展現的傳記，在結尾時也寫上了「一顆偉大的心臟終於停止了跳動」，[64]但在珍珍的心底卻只浮現了一句：「原來，心臟也有偉大與不偉大的分別！」[65]

　　平路利用書中珍珍的角色說出了自己對宋慶齡在歷史上地位的質疑，被共產黨緊緊守護著、保護著的聖母，她的生活究竟是怎樣的神秘？「除了像是個嚇破了膽的老婦人，點綴性地在慶典裡亮亮相，外面的人常常用金絲籠的鳥形容我的媽太

[61] 唐毓麗，前揭文，頁74。
[62] 平路，《行道天涯》，頁75。
[63] 同上註。
[64] 同上註，頁131。
[65] 同上註，頁190。

太,住在籠子裡,沒有音訊,失去了自由。」[66]透過「珍珍」
旁觀的雙眼,宋慶齡不是我們所知的那樣高高在上,神聖而偉
大,她不過是一位形同被軟禁的老婦,寂寞而安靜罷了。

　　書裡說到:孫夫人是自聖女貞德以來每一個國家必然產生
的,近乎聖女的人物,[67]平路要打破的就是這樣的聖女面貌:
「一張張虛偽的嘴臉令我不寒而慄!他們全是共犯,說謊的共
犯。表面上服侍著媽太太,其實,心理恨透了這個老女人。」
[68]宋慶齡之於共產黨真的是聖女一樣的存在嗎?平路不這麼
想,那一切的歷史名譽不過就是政治的謊言,聖女不過是造神
運動的產物,但宋慶齡卻是有血、有肉的凡人,她真實存在。

第五節　結語

　　平路在書中細細將女性的特質書寫開來,透過記憶的不定
點跳躍,讓女性那極易四處奔馳的思維帶領讀者進入宋慶齡青
春的回憶;而在表現女性愛情的時候,平路刻意以大膽的、帶
有身體情慾的文字來形容,讓長久被壓抑的神性在故事中解
放,讓讀者深入了解在父權的政治時代,宋慶齡這樣一位地位
崇高的女性,究竟是真的貞節、高不可侵犯,還是將真相隱藏
在歷史的洪流中?平路試圖在書中一一為讀者揭開這樣的神
秘面紗,讓我們一窺國母的真實情感:她厭惡政治的陰沉糾

---

[66] 同上註,頁 211。
[67] 同上註,頁 169。
[68] 同上註,頁 42。

纏、她想要追求屬於自己的快樂情慾、她所得到的尊貴地位，不過是政黨政爭下的產物，這一切的虛華名聲，都是為政治而生。

　　平路以同為女性的細膩觀點寫出屬於女人的深刻情感，她在《行道天涯》裡刻意使用陰陽雙主線，並使用不同的敘述方式，讓單雙篇呈現出極大的差異，這在小說的創作上是個不常見的手法，但這樣的創作卻給女性書寫帶來不同的發展空間，這也就是《行道天涯》吸引人的原因了。

引用書目

王德威主編,《禁書啟示錄》,臺北:麥田,1997。

平路,《行道天涯》,臺北:聯合文學,1995。

——,〈在父權的邊緣翻轉——「行道天涯」裡的女性情慾〉,
　　《中國時報》,1995 年 3 月 17 日,39 版。

——,《百齡箋》,臺北:聯合文學,1998。

林麗裡,《當代臺灣女小說作者及其未來發展》,佛光人文社會
　　學院未來學研究所碩士論文,2002 年 6 月。

吳培毓,《平路小說研究(1983-2006)》,國立臺灣師範大學中
　　文系碩士論文,2005 年 6 月。

梅家玲,《性別論述與臺灣小說》,臺北:淡江大學中文系,1999。

唐毓麗,《平路小說研究》,南華大學文學研究所碩士論文,2000
　　年 6 月。

楊照,〈歷史的聖潔門面背後——評平路長篇小說《行道天
　　涯》〉,《聯合文學》11 卷 6 期,1995 年 4 月,頁 158-160。

陳芳明,《危樓夜讀》,臺北:聯合文學,1996。

黃子平,《邊緣閱讀》,香港:牛津大學,1997。

蔡素英,《從邱妙津《鱷魚手記》及《蒙馬特遺書》探討女性
　　主體意識之認同建構》,南華大學文學研究所碩士論文,
　　2005 年 6 月。

趙銘豐,〈平路《行道天涯》——宋慶齡顧盼浩渺的情感風華〉
　　http://unitas.udngroup.com.tw/g/essay/e97.htm ,瀏覽日期

2006 年 12 月 14 日。

賴素玫，〈歷史的虛構‧小說的真實——我讀《行道天涯》中
　　孫 中 山 與 宋 慶 齡 的 故 事 〉 ，
　　http://www.nchu.edu.tw/~chinese/vdw5.html，瀏覽日期 2007
　　年 1 月 3 日。

鄧美華，《平路小說對人生困境的省思——從自身經驗出發》，
　　國立臺灣師範大學中文系碩士論文，2005 年 6 月。

第四章

成英姝小說的暴力書寫

許舒涵

第一節　前言

　　成英姝初以短篇小說集《公主徹夜未眠》令文壇爲之驚
豔。她沒有文學師承，寫作風格卻獨樹一幟；時至今日，儘管
廣受肯定，一般讀者卻時常不知該如何定位她的文學風格：怪
誕、犀利，以鮮活潑辣的對白、富奇想卻又深具現實感的情節、
充斥震波強大的黑色幽默的筆觸以及對揉雜、翻轉諸多文類的
得心應手而自成一派，這是她的文字最普遍得到的評價；又因
爲她的才華洋溢，不願設限自己埋首於文稿中，從節目主持到
參與裝置藝術展，使她在純文學的成份上備受爭議，讀者大多
認同她新女性時髦聰慧暨多變的形象，實則她的作品裡，特別
是小說延展的肌理，可以在狀似荒謬壓縮的情境鋪陳中，讀到
她對人世與生命貌態很古典的憂鬱。黃筱茵在二〇〇一年一月
號的《聯合文學》中的〈如果把黑乘上白——成英姝的人性實
驗室〉一文描述成英姝的文字時曾提到：「……她文字與情節
的黑色糖衣裹著一層復一層對於執著的關注，成份繁複難辨。
黑色的糖果文字才咬下去就竄出各種螢光霓彩，成英姝的作品
組合了魔女的黑與天使的白，是一顆高科技的魔繭，開出朵朵
魔術奇花。」[1]

　　成英姝作品探討都市的現代性演化下尋找性別和身份對
位所面臨的侷限與非侷限，荒謬劇場風格的黑色小說手法，以

---

[1] 黃筱茵，〈如果把黑乘上白——成英姝的人性實驗室〉，《幼獅文藝》609
期，2004 年 9 月，頁 93。

幽默諷刺的文字和懸疑的說故事技巧，呈現都市景觀蘊含的想像張力。她在〈作家書房〉的訪談中表示她「憎恨原地打轉的性格」[2]，並且也強調自己「天生不喜歡受到束縛，最難忍受他人硬是加諸一套價值觀要她奉爲圭臬」。在成英姝筆下描繪的人生舞臺，一般世俗公認的道德規範，在她眼裡卻都成爲一幕幕荒唐絕倫的演出，她甚至認爲「人類是一種低級生物，因爲要過群體生活，必須建立一套共同遵守的秩序，否則就會造成混亂。」她試圖在創作中將現代繽紛又繁雜的城市與性別的難以定位間找到一個平衡，而其中最特別的就是小說中一個頗爲常見卻難解的元素，也就是暴力。

　　我認爲基本上，對於個人暴力的行爲，在法律上是不予鼓勵的，並且通常是禁止的（但是若能提出證據證明暴力手段的使用是出於正當防衛的目的，則通常刑責會被減免）。國與國之間的戰爭通常被認爲是一種嚴重的暴力行爲，因此發動戰爭，在現代社會，是一種犯罪行爲。如果拋開道德倫理層面對暴力書寫的負面判定，我們不難發現，暴力書寫其實有它豐富又深刻的意義和美學探求，即：

　　　　以其豐富的精神資訊，構成強大的精神衝擊力，無情地擊碎人們的日常經驗和日常思維，將人們逼到不得不正視這種既陌生又真實的藝術圖像的生存極境，所以有可能促使人們喚發出最深刻的生命激情，最熱切的創造

---

[2] 黃基淦，〈成英姝──遊刃於現實的撥弄〉，《卓越雜誌》200 期，2001 年 4 月，頁 170。

欲，將開關新生活和新人生的可能性膨脹到極限。[3]

而在成英姝的小說世界中，暴力已無關法律，而是企圖達成一種秩序的過程。在這個國度中，她意圖如何處理這些人性可悲的弱點，是耐人尋味的。

人際間暴力的關係，或是我們常見的情緒的暴力可以說層出不窮，成英姝在邊摸索性別裡的平衡及都市中的準則，在小說中處理的方式底下筆者嘗試就她的長篇小說《人類不宜飛行》、《無伴奏安魂曲》及短篇小說集《好女孩不做》，找尋暴力的樣貌並且現以原形。

第二節　人際的暴力

成英姝處理小說時，人際的暴力時常曝露在眾人面前，所使用的題材卻出人意外的平庸──取材於生活中細枝末節，一些並非符合大眾行為的時機和狀況，卻又使用顯而易見的諷刺筆法不禁令人戰戰兢兢的反省自己是否曾經犯下這些錯誤、造成這些傷害。也因為是最廣泛的敘述，因此範圍亦是最大的；若文中涉及更深一層的暴力，則被取出歸類於後探討。

在《人類不宜飛行》中，作者所呈現的方式為小說人物的性格是矛盾的，變性後（社會的新穎議題）與人相處出現了衝突，亦浮現出主角搖擺不定的個性，因此歸類為「人際的暴

---

[3] 摩羅，〈破碎的自我：從暴力體驗到體驗暴力──《非人的宿命──論〈一九八六年〉》之一〉，《小說評論》3 期，1998 年 5 月，頁 58。

力」。而成英姝描繪的小說人物暴力的人際關係，完全象徵出她不滿的心理——即她對一般世俗公認的道德規範的不滿，在她的眼裡，那都是一幕幕荒唐絕倫的演出。

文中有一個建造了「莫須有的閣樓」的父親，他卻同時也是一個走不出閣樓的父親：「搬過來沒多久，我父親看到有人在樓頂上加蓋，覺得頗有興趣，也想來依樣畫葫蘆一番，馬上找人在屋頂蓋了一個閣樓。他夢想有一個閣樓已經好久了。不過，他蓋那個閣樓的時候一點也沒有想到他整個後半輩子都會待在那裡。」[4]父親愚昧的建造一間囚禁自己的監牢，封鎖人類正常應與外界的互動連繫，也切斷了人際關係；另外，小說中還有一個性別模糊的妻子，一個強悍又不可捉摸的妻子：「母親早些年是一個林黛玉式的羸弱女子，她瘦得像火柴棒，風一吹就會把她給颳跑。但是你如果看到她後來的樣子，你可能想像不出來。……她不像典型女人打架那樣拉扯對方的頭髮，花拳繡腿，扭扭捏捏，她一個拳頭就把對方打飛出去，翻倒一排貨架。」[5]不惟如此，小說中尚包括這些人物：一個變性的男人，一個反覆後悔的男人；一個信誓旦旦要為情人報仇的無賴，一個永遠不知道自己為什麼報不了仇的無賴，以及一個終其一生在做著扭轉某種事情的努力的讀者。

小說中人際關係間的暴力，主要起源於角色本身的矛盾——尼可／妮可拉。尼可／妮可拉在輾轉終於變性後的一天，在餐廳裡遭遇高中時代的同學。在這群青壯年粗鄙無理的男人狎褻地對妮可拉調笑後，又羞又愧的妮可拉居然發現那些曾經存

---

[4]　成英姝，《人類不宜飛行》（臺北：聯合文學，1997），頁30。
[5]　同上註，頁37。

在自己身上的、當下這群男人展現出的猥褻、不雅、惡劣的質
地，似乎是他／她一種失落的「寶藏」：

> 那個人掏出剛才裝進口袋裡的那疊鈔票，吐了一口唾沫
> 在手上，數了數。「這些都給你，」他說，他瞇起眼睛
> 笑著，停頓了一下，然後緩慢地說：「妮可拉小姐，你
> 願不願意賞個臉，脫光了給我們看看呢？」……
> 「我見識過人妖，真的很了不起，跟女人一模一樣，你
> 根本分不出來，我見過有人跟他們打過炮以後，還不知
> 道他是男的。」他搖搖頭，嘖嘖稱奇的樣子。[6]

> 讓妮可拉在這個瞬間決定要變回男人的原因並不是因
> 為她發現了男人天生擁有的強勢和權力，而是在那一瞬
> 間，她從別人的身上看到了曾經存在於自己身上的粗
> 鄙、可恥、猥褻、不雅、殘酷、惡劣、以愚弄人為樂的
> 心態，那些是她幾乎已經淡忘掉的，屬於她的寶藏。[7]

當尼可／妮可拉的際遇備嘗艱辛，少年尼克混沌誤解自己
的生理與文化性別，變性後的妮可拉認同的是女性，卻無法認
同被異性戀男性欺壓的性騷擾；但又為何尼可變性為妮可拉後
又會產生這種體悟？實在是因為她心目中的女性行為特徵，其
實多半是刻板化的陰柔表現。尼可／妮可拉搖擺不定的決心卻
在變性後依然如此，另一線故事裡的角色華樂莉，事實上才可

---

[6] 同上註，頁26。
[7] 同上註，頁28。

說是內蘊強大「男性」力量的女性代表。華樂莉說：「我覺得
我的軀殼裡也裝著一個男人，但是我不想變性。我有像男人一
樣的力量，而且比他們有勇氣。」如此幽默的情節發展又反諷
的筆觸，令人感到可笑又感嘆；而成英姝這般感歎亦呼應了她
的冷漠姿態，不僅是對社會規則的抨擊，也是對世俗道德觀的
挑戰。[8]

　　在《好女孩不做》的〈我所知她二、三事〉系列，實際上
是針對都市生活中的男女作探討。大眾媒體的渲染，及社會新
聞中乏味可陳卻又惡名昭彰的色情泛濫等，無形間逐漸的敗壞
了社會風氣。〈屋頂的鴿子〉[9]在文首就點出一個不知名的敘事
者只是提起了話筒，便成了竊聽的第三者，然而談話的內容更
是醜陋。整件事發生的地點也只不過是臺北的一隅。成英姝之
所以用「電話」作為整篇作品的連線，是因電話溝通中的「盲」
點，充滿了敘事上的潛力。英國小說家大衛洛吉（1935~）《小
說的五十堂課》中說道：

　　　　電話是現代生活中非常熟悉且無所不在的一部份。我們
　　　都忘了在從前的年代裡，電話，也就是在看不見碰不到
　　　的情況下說話與聽話，可能是多麼不自然的事。正常的
　　　對話中，當兩個對話者當面交談，他們可以利用臉部表
　　　情與肢體語言，給用字遣詞添上各種意思與細微的差
　　　別，或甚至單靠這類非語言的方式便可以溝通（聳肩、

---

[8] 同上註，頁 142。
[9] 成英姝，〈我所知她二、三事〉（之一〈屋頂的鴿子〉），收錄於《好女孩
　不做》（臺北：聯合文學，1998），頁 11。

捏手、挑眉）。⋯⋯電話溝通中的「盲」點，使它可以
成為一種騙術，讓參與其中的人產生困擾、誤會與疏離
感。[10]

〈女人的試煉〉[11]描述女主角阿芙洛蒂和一個餐廳駐唱、
名叫娃娃臉的男同居，起初過了一段幸福的生活，隨後娃娃臉
因為沉迷賭博電玩而經濟陷入困境。娃娃臉嫌惡駐唱的工作，
認為「那能賺幾個錢？」取而代之的是讓其貌不揚的富家女包
養、出賣阿芙洛蒂的身體供其他男人玩樂。這個女孩是愛他
的，但有一天男孩卻從此消失了；阿芙洛蒂手擲玻璃碎片，在
手臂上畫一口子，用那些湧出來的鮮血在牆壁上寫字，寫名
字、表達愛與仇恨咒罵、髒話，感動的歌詞。這樣的情形也不
厭其煩的在真實世界中上演，或許你、我身邊就有這樣的人存
在，這不也是人間的悲劇？

〈男人討厭的女人〉[12]，有個志願玩遍天下女人的十七歲
男孩，他的過度自信及沉溺於幻覺、不顧現實的性情，使他不
斷的誇大、扭曲現實，並將目標鎖定在他房間對面窗的胖女孩
身上，將多餘的精力發洩在寫給胖女孩的信；在只有十七歲的
靈魂中，他不願臣服現實的個性，讓他將幻想當作現實，為了
讓自己在所有人面前（包括爸爸、媽媽、三個醫生、女導師、

---

[10] David Lodge 著，李維拉譯，《小說的五十堂課》（臺北縣：木馬文化，
2006），頁 224。

[11] 成英姝，〈好女孩不做〉（之二〈女人的試煉〉），收錄於《好女孩不做》，
頁 97。

[12] 成英姝，〈戀愛課〉（之一〈男人討厭的女人〉），收錄於《好女孩不做》，
頁 124。

胖女孩）顯示自己的特別，他選擇對於答案撒謊，並從中得到渴望滿足的虛榮。也因為扭曲的性格，完全不符合他的「廣義天下女人」定義的胖女孩卻是他的停靠站，他無法剝去胖女孩在眼中的存在：「我不想觀察對面的胖女孩的一舉一動，但是胖女孩的身影在我面前揮之不去，我無法把她從我的視網膜剔除，她的體積碩大而顯眼。」[13]這樣在性格上的差異導致他處理尚未成熟的性以暴力的狂想，並用信件騷擾對方。年輕而未正確得到性教育的男生，無法以正常的方式看待女性，覺得全世界的女人都在他的掌控當中（或是自己禁閉在只有一個人的世界中）。這也是聲色廣告不當宣傳的結果，玷辱了不只是我們的眼睛，更有年輕的心靈、整個社會的健康發展。

　　人的生命反反覆覆，除了摒開生理性別的箝制，更可藉由文化性別的認同加以反轉，這是一個重新塑造自己的機會，也是一個修正社會價值觀念的契機；但是在歷經一番摸索之後，對於常規、俗世的不適當挪用，毋須留戀，拋開枷鎖，回返一心嚮往的自己。瓦解世人軌道，重新建立自己的生命，重新建構自己性別的真正欲望。當他們的觸角觸碰到令自己畏縮的異物，便懷疑自己的存在價值是否朝著正確的方向邁進，導致他們不斷地在人際關係中被以暴力的方式對待。

---

[13] 同上註，頁 131。

第三節　情緒的暴力

關於情緒的暴力，成英姝或以第一人稱作爲緩慢的暴力敘述，也有瞬間情緒爆發下的暴力行爲描寫，以下以〈天使之眼〉爲探討對象。在小說裡，臺大外文系主任劉亮雅於《文學臺灣》對〈天使之眼〉的導讀中寫道：「〈天使之眼〉裡中年男人心目中的絕美純真天使被凝固爲戀物，再被男人以愛之名虐殺，透過男人優雅如詩的敘述觀點，表現出夢魘般的瘋狂暴力，令人不寒而慄。」[14]

此小說開始於謀殺事件之後的兩三年，「他」似乎在向一個隱身的敘述者說話或者僅只是自言自語，回想童年時對臺北神話的迷醉。由對臺北不夜城的嚮往，他的心理瞬即轉到對一慘死的美麗女子最後一面的矛盾；他像個耽美的藝術家，但即使在此時，他對女子死前慘狀的眷戀已令人心裡發毛。值得注意的是，對他而言，無論臺北或女子都僅只是視覺印象，屬於傳說或幻想，與真實性及主體性既不相關，也不重要。成英姝設計一個不可信賴的敘事者，而那個敘事者也存在於所述說的故事裡，也就是成了被敘述的對象。她這麼做是爲了讓人看見人類如何扭曲或掩飾真實。[15]

---

[14] 劉亮雅，〈成英姝〈天使之眼〉導讀〉，《文學臺灣》308 期，2001 年 4 月，頁 169。

[15] 大衛洛奇認為一個不可信賴又「全知」的敘事者（這詞幾乎自相矛盾了）只能出現在極離常的實驗作品裡。就算是身兼敘事者的角色也不能完全不可信賴，如果他說的每件事明白都是錯的，那這樣只告訴我

他的「觀看」遂是物化那被觀看者。身爲建築師的他，自覺有如城市的君王：

> 他又說。自言自語。你其實不應該見到她最後一面的。
> 這樣你可以在心中保有她甜美的形象。甜美而且純淨。
> 但是你也應該見她最後一面的，她留存在你心中的形象
> 因此變得痛苦、扭曲、赤裸，浸漬在血泊中。血污和傷
> 口變成永恆的圖畫，取代了過去所有她的影子。未來的
> 日子裡，你可偶爾將這圖畫取出，眷戀地細心擦拭。[16]

成英姝以反諷筆法繼續鋪陳那慘死女子其實是他的妻子，他說起七年前結識十七歲的她，宛如一段純美的戀情。但此處的蹊蹺是他的敘說將戀情更加「美學化」，他的耽美似乎也感染了不知名的敘述者：「如果這是電影，這工寮應該處理成一條黑暗的甬道，只有女孩經過的地方有亮光，彷彿燭光一樣溫柔的亮光。」[17]他的優雅具有巨大感染力、令人不察其背後的瘋狂，因此更加恐怖。另一方面，由他的敘說也可看出，女孩的柔弱、羞澀、純真引發男人的愛憐，但這愛憐是奠基於男人的絕對優勢：女孩永遠是長不大、無知、不懂世故的，像童話故事中的天使，而她也要求童話故事中的幸福。

們一件早就知道的事，亦即小說乃是虛構。在小說的世界裡，真實與虛構之間一定要存在某種可能的差異，跟真實世界一樣，這樣故事才會引人好奇。
[16] 成英姝，〈我所知她二、三事〉（之三〈天使之眼〉），收錄於《好女孩不做》，頁52-53。
[17] 同上註，頁54。

　　但他的童話故事也免不了時間的摧折。妻子「不再像孩子……但是她也沒有變成一個成熟的女人。她什麼也不是。」[18]她試圖逃跑,這似乎暗示他婚姻生活的挫折感,然而他卻不曾思考這點。當她的眼睛失去了光輝,變得空洞冷卻,他便有股念頭想把她的眼睛挖出來。因爲對他而言,她熠熠的眼睛猶如「黑暗的城市中的光」[19],能使他脫離恐懼與孤獨。失去了那閃亮的眼眸便令他難以忍受:

> 他發現她變得很安靜。他忘了她是不是一直是個安靜的姑娘。但是偶然他想起她臉上曾經有的類似笑容的東西。他便懷疑她有時候坐在院子裡是在哭泣。[20]
> 當他望著她的眼睛時,他有一股念頭想把她的眼睛挖出來。那空洞透明的一雙眼睛。他無法忍受。[21]

　　顯然,一切僅是他所投射的童話與想像。對他而言,她的美僅是爲了他而存在的,甚至是因爲有他的愛才捏塑出她的美:「他從她臉上看到的美不只是她的美,還有他的愛。因爲他對她的愛使他感受到她的無可比擬的美」[22]但他的愛充滿了專斷的佔有慾,從未把對方視爲真人。他扭曲地認爲「她是他的瓷娃娃」,而唯有捏碎她方能顯現她「叫人心碎的美」:

---

18 同上註,頁 60。
19 同上註,頁 60。
20 同上註,頁 59。
21 同上註,頁 60。
22 同上註,頁 60。

他想到銳利的刀鋒切開的血肉。那刀刃。他不停地想到
那刀刃切開皮肉的瞬間。好像是他自己的。
但噴出的緋紅的血是她的。她躺在血泊中，像漂浮著的
白色杜鵑。盛開的時候如此綺美，連潔白也變得豐豔。
但是早凋。枯萎得如此醜陋。[23]

　　成英姝細膩刻劃他的精神分裂。他看著他的瓷娃娃，每每
想哭泣，另方面又狂想手刃妻子，卻又分不清妻子與自己。他
訴說有一晚深夜返家發現妻子慘死，彷彿她的死與他無關。他
端詳她眼睛被挖、慘死之景象，哭泣許久，但為的卻不是她，
而是哀傷的音樂所唱的：「Tell me why my angel eyes ain't here?
（告訴我，我的天使的眼睛為何不見了？）」他告訴不知名的
敘述者：他本以為兒子從這場可怕的殺戮中逃脫，卻又私心希
望他沒有，因為「逃走了，這一切就成為真實。如果他死了，
這只是一個噩夢。」[24]當然，孩子若活下來，便會指認他是兇
手。最後，他坐下來，籠罩於溫柔的音樂中，使得整件事更加
恐怖駭人，而不知名的敘述者究竟被催眠抑或被反諷亦十足曖
昧。

　　在這些趨向寫實的晦暗場景之外，成英姝更善於將情緒錯
置的暴力場面變形，各式各類的暴力在她的筆下如同一場接著
一場的精彩、有趣的魔術秀：人體植入炸彈爆炸、被割掉耳朵
的女孩、男偶像歌星入贅後被綁上貞操帶，身體的反應被妻子
與其家人嚴密監控。在這種暴力的描寫手法中，人體的毀壞或

23　同上註，頁 61。
24　同上註，頁 63。

傷害變成了一個「表演」的場域，不少場面極端到超現實而令人發笑，就像卡通片裡的角色總是被炸、被剖成兩半，卻總是逗得孩子咯咯笑。黃筱茵在〈當黑乘上白——成英姝的人性實驗室〉中表示：「這些角色的心理或肢體暴力反應的後頭，存在著鋪天蓋地而來，人性無法抵擋的現實。不停歇的奔跑下的暴力回應，都受制於背後龐大的現實壓力。小說家的行文方式與情節設計，亦是試圖抵禦現實的一種姿態。」[25]

第四節　冷調的暴力

　　黃筱茵對於成英姝小說中最熾熱的暴力的看法是，她以「冷調處理」的小說，而贏得「時報百萬小說獎」的《無伴奏安魂曲》即是此一典型。這部作品採推理小說的形式，藉一個在三溫暖工作的年輕女孩阿夏之死，層層漸進地推衍出幾個彷彿流離失所地轉徙於生活間的年輕人的生命狀態。

　　小說裡的角色並不複雜，敘事者阿泊內心為洶湧的疑惑澎湃，試圖尋訪真相，但他的外在行為卻又矛盾畏縮，躊躇不前：

　　　　阿泊想起那個在空曠的馬路上，閉著眼睛躺著的阿夏。
　　　　急速駛來的摩托車緊急煞車，在幾乎要輾過阿夏的地方
　　　　停下。阿泊慌張地下車，走近阿夏。阿夏的嘴角和胸口
　　　　染著紅色的液體，阿泊把髒污的手指伸到阿夏的鼻子前

---

[25]　黃筱茵，前揭文，頁94。

面，沒有氣息？還是手指的感覺太遲鈍？[26]

　　讀者因此不僅在閱讀時思索誰是兇手這個單一問題，而且是在一波波拍打的淡漠浪頭間，覓尋敘事的焦點。這部「推理小說」用極單純的敘事聲音，涵蓋眾多角色心裡的不安與疑惑，惶恐與執溺，反倒令人為它的平淡而感到心頭一震。人際的疏離網絡居然可以輾轉構成殺人案，這是令人悚然一驚的轉折安排。小說中的殺人者美綺，由於積壓許久、無法再繼續忍受自己的存在狀態中屢屢受人欺侮（即使在一般人看來都是尋常的小事件）卻無能還擊的懦弱與憤恨感而殺人。在此，暴力不僅止是單方面的施加，美綺同時也是被施暴的對象——被欺侮：

　　　　像那個女會計一樣用刀在自己身上戳出一個洞一個洞
　　　　好了，東南看到了一定會大吃一驚。腦海中浮現會計躺
　　　　在浴缸裡，用瑞士刀在自己手臂和大腿上一處處用力插
　　　　刺的情景，美綺的眼淚凶猛地湧上來，一發不可收拾。
　　　　[27]

　　我們無法體會的往往是因為我們不是被動者，當美綺如此煎熬後，她竟是選擇以自殘的方式勝出；但在下意識裡她想殺的不是自己，只是自己受苦太久，就像地底的能量必須適量釋出一樣，她希望對自己的傷害也能成功的傷害他人。最後真相

---

[26] 成英姝，《無伴奏安魂曲》（臺北：聯合文學，2000），頁 53。
[27] 同上註，頁 80。

大白時，她殺了阿夏：

> 果汁當然也放了藥，而且放了很強的藥。她昏睡以後，
> 我同樣把她綁起來，只是這一次我用塑膠布墊在下面，
> 用刀割斷了她頸部的動脈。雖然自認做了萬全的準備，
> 血還是出乎意料地濺了我一身，好久才清洗乾淨。我用
> 塑膠布把她捆好，夜裡就開車出去，選擇我不知道的
> 路，毫無目的地一路開下去，開了多久我也不知道，然
> 後丟進河裡……[28]

　　成英姝將美綺殺人的過程描寫得冷靜無痛，如同倒杯果汁
般容易（確實美綺也是先將安眠藥加進果汁，讓兩名被害人服
用才悶死他們，所以就連被害人彷彿也不曾感受太多痛苦），
可是這種情緒的狂傲性正是震撼人心之處。倘若不去追想奪走
人命的暴力本質，那麼一、兩條生命，甚至美綺自己最終也被
山崩落石壓死的命運，又有幾分輕重呢？這是多麼諷刺的一幕
——主角人物終究難逃一死。成英姝亦立意藉故事裡單薄的聲
音，詢問人命與人性價值的問題。
　　另外，成英姝作品中的男女性別分野，主要的與一種心理
質地有關，並非男性就是施加控暴力的主角，許多男性在她筆
下百無聊賴，《究極無賴》中的三個男人就堪稱一絕：他們像
潮溼軟膩的水草，糊在生活的沼澤邊緣。
　　相對地，成英姝的女性角色常常有莫名的洶湧的爆發力。

---

[28] 同上註，頁 164。

〈三個女人對強暴犯的私刑〉裡，房東太太四十五歲的表妹，在一瞬間的情緒衝擊下，剪斷誤入屋中的強暴犯的命根子，這種暴力看進讀者眼底成了複雜的綜合情緒，除了驚嘆她們的勇氣之外，甚是為此私刑感到難以忍耐的畫面閉上雙眼。那是個強暴犯、被通緝並刊登在報紙上的男人，三個女人偶然發現他昏迷後將他拖入房內，並展開一連串對他的罪行宣判（神聖）和裁定刑責（殘酷）的舉動，看似閒聊的宣判過程，卻在這詭譎的氣氛中形成詼諧逗趣的畫面：

> 「如果我們這麼做了，別人會相信我們和他之間是清白的嗎？」表妹望著女房客又重新脫下男人的褲子。
> 「沒人會那樣扭曲我們的作為。」房東太太正色地說，她站起來。「我要去找一個開瓶器。」
> 「你會先偷偷喝嗎？」女房客問。
> 「什麼意思？」房東太太不悅地說。
> 「我怕你會喝醉。」
> 「你以為我在幹嘛？慶祝什麼嗎？」[29]

在面對這樣的男子時，她們並非弱女子，她們有「清楚」的思緒和行刑的「能力」及幫手。她們並非在拖延時間，而是在女性應有的溫柔與替天行道的正義間躊躇不定：『『這樣不公平』，房東太太說。『這個人那麼凶殘，你卻連這麼簡單的事情

---

[29] 成英姝，〈三個女人對強暴犯的私刑〉，收錄於《好女孩不做》，頁 120。

也下不了手。」」[30]這也十分的爲難人了，畢竟這些女子不是那殘暴的男子，如今命運之神卻將機會丟在她們的手上，杵在一旁等候她們的行動。然而當男人在客廳的地板上，先是腿抖了一下，然後翻了翻眼皮時，房東太太的表妹往後跌坐在地上，又趕快立起身子，如反射般抓住男人的性器；當感受到男子視線轉移到她的臉上時，如提醒的槍響聲，她配合腎上腺素的分泌，鎮定的將刑罰完成。

《人類不宜飛行》裡亦有女子貓咪[31]在尼可沒有理由的跟隨後，毫無預警的在半夜三更縱身跳下天橋：她跨出天橋的欄杆，往下面縱身跳下去，動作之快，我根本來不及搞清楚她要做什麼，等我看清楚的時候她已經掉下去了。……她掉在一輛計程車上，然後彈起來，又掉落在旁邊，被一輛貨車輾過。故事敘述者就在這裡畫上句點，沒有哀傷、沒有驚訝、冷靜無痛的結束了。很強烈對比的畫面，就這樣停留在眼前：上一秒她還活力十足的大叫，下一秒卻一躍而結束了性命。多少年輕人選擇這樣的路，爲的理由卻叫人無法接受？冷調的暴力描述的都是灰暗心靈的冷淡，誘導人們思考富裕的環境下滿足了物質的生活，精神生活卻愈來愈貧瘠。小說所反映的現實是又多麼的殘酷。

---

[30] 同上註，頁 116。

[31] 貓咪爲酒吧裡的小美女，在酒吧跟高賽搭訕不成後，惱羞成怒甩了高賽一巴掌，卻反被揍掉了一顆牙齒，隨後氣急敗壞地離開酒吧。

第五節　結語

　　暴力話題或許不深受大眾喜愛，因此被排拒；但卻也因此逐漸成為一種能探討反省的方法。成英姝的暴力沒有所謂的盡頭，在她的認知中，暴力其實是適合女性觀看的，因為在少了男性的陽剛和氣質的要求後，如此的感官痛快應該更能貼近她們身體裡的那頭渴望凶猛的野獸（能藉此抒發、滿足）。在女性的外表下，最貼近本身的反而是野獸的本性，對於這點，成英姝大大突破了過去對於女性的劃界（又或許是現在才逐漸被發現？）；同理，在性別的外表下，女性並不全然就一定會是溫馴如其人，成英姝為了道破這個事實，寫了許多的作品。暴力是她探究人類生存所採取的一種方式，她並非刻意與別人不同，只是她天生如此。

　　而成英姝本身的「戰鬥性格」，源於她奮發超脫一般人認定女作家該有的形象，勇於突破傳統，永遠走在時代最前端。她憎恨在原地打轉的性格，就如同作品中對現實異象、虛偽人世的百般嘲弄，透過黑色幽默的荒謬劇形式，以輕描淡寫的文字，處理嚴肅的課題，提供給讀者另一種深沉的思考，其間透露出她不甘於因循既定規則、有別於其他作家的特殊文風。不過，她亦曾在《女流之輩》一書的書序裡自承其矛盾。我們在她文類的折衝、敘事的極端與收放烈與冷調的筆尖裡，看見一個其實很古典的靈魂。無論描寫當代的街巷、人物交遊或近乎超寫實的怪誕人性風景，成英姝一再將我們推回人性的實驗

室，耐心檢視不同變因下，情緒與靈魂的反應。

走進名爲「成英姝」的實驗室，架上陳列著瓶瓶罐罐、細緻切割分類的性格試劑，桌上拄著冒發各色泡泡的經驗氣體。其中有一種名爲「暴力」，卻不是充斥著血腥味的戰爭或民族的殘殺，它探索都市中每一個孤獨個體中的靈魂潛能，又因男女性別而有所不同，在如此複雜的方程式中，實驗者意圖以不同形態的暴力換取他／她渴望的回應，這城市之所以如此寂寞究竟是誰的錯？愈是熱烈卻又愈是空虛……一陣狂煙，實驗室的門倏然關起，小說家繼續察看著他人，也試煉著自己。

引用文獻

成英姝,《人類不宜飛行》,臺北:聯合文學,1997。

——,《好女孩不做》,臺北:聯合文學,1998。

——,《無伴奏安魂曲》,臺北:聯合文學,2000。

黃筱茵,〈如果把黑乘上白——成英姝的人性實驗室〉,《幼獅文藝》609 期,2004 年 9 月,頁 92-97。

黃基淦,〈成英姝——遊刃於現實的撥弄〉,《卓越雜誌》200 期,2001 年 4 月,頁 170-174。

劉亮雅,〈成英姝〈天使之眼〉導讀〉,《文學臺灣》308 期,2001 年 4 月,頁 168-171。

摩羅,〈破碎的自我:從暴力體驗到體驗暴力——《非人的宿命——論〈一九八六年〉》之一〉,《小說評論》3 期,1998 年 5 月,頁 58。

David Lodge 著,李維拉譯,《小說的五十堂課》,臺北縣:木馬文化,2006。

第五章

白先勇《孽子》中「孽」的構築

蔡佳宜

第一節　前言

　　白先勇說:「孽緣、孽根,我想人性裡面生來一些不可理喻的東西,姑且稱之爲孽,一種人性無法避免,無法根除的,好像前世命定的東西。」[1]歐陽子也說:「白先勇小說人物之『冤孽』常與性慾有關,而且也常牽涉暴力。但我覺得白先勇亦存心將他的冤孽觀,引申而影射到一個社會,一個國家,一個文化。」[2]小說《孽子》中所有的衝突皆源自於這種人性生來不可理喻的東西。「孽」在白先勇的作品中時常出現,其在「孽」背後表現的哲學觀,固然如歐陽子所說,是消極的,認爲人生是無法改變的,[3]但筆者認爲這也是一種屬於文學家悲憫的情懷,一種對人的生存型態的關注和思考。[4]人無法逃脫宿命,因爲這是與生俱來的孽,但是白先勇卻用他憐憫的筆寫下我們沒看見的另一面,而這是我們應該關注的焦點。《孽子》在題目上即引起討論,究竟這「孽」是單純的同性戀所致,抑或是有另一番思考,這是本研究所要探討的。筆者以爲《孽子》實爲偏房失愛之子,[5]非因同性戀取向而爲「孽」,而文本中構築之

[1] 劉俊,《悲憫情懷──白先勇評傳》(臺北:爾雅,1995),頁27。
[2] 歐陽子,〈白先勇的小說世界──《臺北人》之主題探討〉,收錄在白先勇,《臺北人》(臺北:爾雅,2002),頁27。
[3] 同上註,頁26。
[4] 劉俊,前揭書,頁1。
[5] 梅家玲,〈白先勇小說的少年論述與臺北想像──從《臺北人》到《孽子》〉,《中外文學》30卷2期,2001年7月,頁68。

罪孽，屬於社會性、文化性，基於性取向而成；故《孽子》之「孽」為單純的偏房失愛；文本中所構築之孽，卻有不同面向。

　　《孽子》為白先勇唯一長篇小說，書中涉及多面向主題，包括同性戀、親情、問題少年、救贖、政治影射等，[6]龍應臺認為《孽子》中「同性戀」的主題並非全書的精萃，父子衝突及靈與慾的衝突才是沙礫中耀眼的金塊。[7]但也有相關文獻批判文本中的父子衝突在在強化了「同性戀者皆出自不良家庭」等意涵，[8]在此，筆者同意「同性戀」不是《孽子》的主軸，但筆者以為，「同性戀」議題卻是催化《孽子》中父子衝突及靈與慾拔河的重要關鍵；再者，邊緣人物一直是白先勇所關注的焦點，不完整的家庭並非造成同性戀的原因，文本中如此設定顯出其衝突的矛盾性，[9]故人物的家庭命運才會如此多舛。若是如龍氏所言，將「同性戀」議題代換成吸毒、偷竊等，則失去《孽子》書中矛盾激化的悲劇美，衝突也不會如此深刻；[10]同性戀並非一種罪惡，只是和一般異性戀不同，這種非罪惡的孽，才是形成《孽子》一書中，悲劇的美感所在。

　　《孽子》實為一齣以同性戀議題為基調夾雜靈慾伴奏形成的父子衝突悲劇。[11]有學者認為，《孽子》之所以為「孽」是因

---

[6] 袁良駿，《白先勇論》（臺北：爾雅，1991），頁 277-279。

[7] 龍應台，《龍應台評小說》（臺北：爾雅，1985），頁 10。

[8] 高照成，〈《孽子》中的同性戀與父子關係〉，《海南師範學院學報（社會科學版）》16 卷 5 期，2003 年 9 月，頁 28。

[9] 葉德宣，〈陰魂不散的家庭主義魑魅──對詮釋《孽子》諸文的論述分析〉，《中外文學》24 卷 7 期，1995 年 12 月，頁 75。

[10] 張小虹，〈不肖文學妖孽史〉，收錄在陳義芝編，《臺灣現代小說史綜論》（臺北：聯經，1998），頁 165。

[11] 蔡克健，〈蔡克健訪白先勇〉，收錄在白先勇，《第六隻手指》（臺北：

其顛覆了傳統倫理道德下的父子關係，[12]而《孽子》一書名，更是代表講述者內化為父親的角色，同情父親的立場。筆者以為白先勇係以悲憫的角度看待「孽」：「孽」是無法改、與生俱來的，但造成悲劇的不是這與生俱來的「孽」，而是家庭及社會的漠視，是人無法坦然接受事實，試圖去改造或忽略事實所造成。

本論文採用西元 1990 年允晨文化出版之《孽子》為參考依據，因研究題目關係，為避免混淆，文中皆以青春鳥代替文本中的同性戀者，非一般論文所用「孽子」，其他相關論文、書評和訪談資料等也為本文分析與論證的參考。

第二節　矛盾的激化

一、個人與家的拔河

《孽子》中的人物皆在失樂園之後尋找屬於自己的家庭，[13]而這不斷重建的過程即為青春鳥們尋父的紀事。《孽子》中權力象徵為父親，也是家庭的具體表徵，主宰了個體的認同感、存在感。尋父是一種說法，追求陽物父親[14]的認同時，只是在尋找一個「家」。家包含了我們賦予空間的心理、社會與文化

爾雅，1995），頁 460-463。
[12] 梅家玲，前揭文，頁 68。
[13] 蔡克健，前揭文，頁 460。
[14] 張小虹，前揭文，頁 165-201。

意義。所以金錢可以買到住屋，卻無法買到一個家。[15]葉德宣曾引用傅柯的《性意識史》說明：家庭同時作為一種體制與意識型態，其對同志的壓迫性自不可和道德、法律、教育等同日而語；[16]個體可藉由「家」得到歸屬感、存在感以及主體感，相對的，當文本中的人物找不到他可依賴、信賴的家時，其內心的掙扎及衝突我們可想而知，「孽」的構築與家庭之間的關係也更顯得重要。

（一）青春鳥之孽

　　李青等青春鳥的「孽」，對父母（家庭）來說，是同性戀者的身分。但是《孽子》著重的重點並非青春鳥對自己性取向的不能接受、以及因性向產生的內心衝突矛盾等，而是對家庭及整個父權社會的抗衡，[17]白先勇曾說：「我一直相信同性戀是天生的，從來沒有因為別人教而變成同性戀的，而是自己就懂得的。」加上白先勇本身的文學觀，[18]書中的青春鳥對於他們的性向沒有過多的掙扎，但在追尋心中的家，以及求認同的過程中，則異常艱辛，且為社會所不容，青春鳥們「孽」的構築

---

[15] 畢恆達，《家的意義》（臺北：五南，2000），頁55。

[16] 葉德宣，前揭文，頁68。

[17] 同上註，頁81。葉氏在該文說：「在該信仰的系譜中，唯有父子間的親情最可貴—因為唯有子能繼承父之衣缽與志業，唯有子能為父傳宗接代，延續足之香火與命脈，是以他對祖先負責的唯一方式就是繁殖……此即李青孽之所在。他的悲哀不在於同性戀，而在於陰魂不散的家庭主義魑魅對其身分認同、感情與慾望帶來的傷害。」

[18] 曾秀萍，〈白先勇談創作與生活〉，《中外文學》30卷2期，2001年7月，頁192。

即為追尋不可得，以下以李青及王夔龍兩位代表性人物為例：

　　家對任何人來說都是意義重大的，尤其是得不到家庭權力具體表徵──父親的認同。李青在文本中處處顯得掙扎、矛盾，如下例：

> 頃刻間，我了悟到，為什麼母親生前在外到處漂泊墮落，一直不敢歸來──她多次陷入絕境一定曾起過歸家的念頭──大概她**也**害怕面對父親那張悲痛灰敗的臉吧。……她那軀滿載著罪孽的肉體燒成了灰燼還要叫我護送回家，回到她最後的歸宿，可見母親對我們這個破敗的七零八落的家，**也**還是十分依戀的。[19]

這段話是李青內化為母親的遙想，文中粗體字在在表現李青對於家的渴望卻不敢面對父親的矛盾，追尋心中理想之不可得，即成了李青與其母的罪孽。

　　李青是白先勇在《孽子》中所使用的第一人稱聚焦者，不可諱言，白先勇與李青二人的語言是混淆的，[20]文本中許多成熟的語言不可能屬於中輟生的李青：

> 在我們這個王國裡，我們沒有尊卑、沒有貴賤，不分老少、不分強弱。……
> 這一顆顆寂寞得發狂的心，到了午夜，如同一群衝破了牢籠的猛獸，張牙舞爪，開始四處猖猖的獵狩起來。在

---

[19] 白先勇，《孽子》（臺北：允晨，1999），頁 207。粗體字為筆者所加。
[20] 龍應台，前揭書，頁 4-6。

那團昏紅的月亮引照下，我們如同一群夢遊症的患
者，……追逐我們那個巨大無比充滿了愛與慾的夢魘。
21

顯然，這樣的語言使用屬於白先勇，再者，文本中一開始就使
用成熟的語言形容「他們的王國」，而這類的語言使用與上述
所提風格相同，令人時時感到白先勇的存在，這雖然是《孽子》
的缺失，但在文本分析中讓我們更能深刻體會白先勇對於這一
群在黑暗中徘徊的孩子所持觀點為何；李青之於我們是不可信
的敘述者，但相對來說，白先勇即為那可信的敘述者。

母親一輩子都在逃亡、流浪、追尋，最後癱瘓在這張堆
塞滿了發著汗臭的棉被的床上，罩在污黑的帳子裡，染
上了一身的毒，在等死。我畢竟也是她這具滿載著罪
孽，染上了惡疾的身體的骨肉，我也步上了她的後塵，
開始在逃亡，在流浪，在追尋了。那一刻，我竟感到跟
母親十分親近了起來。22

為社會所不容，不代表青春鳥的內心都認為身為「同性戀」
是不對的、是羞恥的。諸多論文認為青春鳥之孽皆是其同性戀
者的身分，23筆者以為，全文瀰漫一股哀傷、羞愧之感，24是因

21　白先勇，《孽子》，頁 10。
22　同上註，頁 61。
23　如梅家玲，前揭文，頁 59-81。曾秀萍，〈在父名之下：《孽子》肖／孽
　　問題析辨〉，《中外文學》30 卷 2 期，2001 年 7 月，頁 189-200、江寶
　　釵，〈時間、空間與主體性的建構：閱讀《孽子》的一個向度〉，《中外

為性取向無法得到父親、社會認同，只好自我放逐成為慾海沉淪之人，[25]因為這樣的自我放逐而感到自責羞慚，並非以性取向為恥。這個論點可由白先勇在《第六隻手指》中〈寫給阿青的一封信〉證明：

> 你一時的驚惶失措，恐怕不是短期內所能平伏的。你無法告訴你父母，也不願意告訴你的兄弟，就連你最親近的朋友也許你都不肯讓他知道。因為你從小就聽過，從許多人的口中，對這種愛情的輕蔑與嘲笑將這份「不敢說出口的愛」深藏心底，不讓人知——這份沉甸甸壓在你心上的重擔，就是你感到孤絕的來源。[26]

　　李青真正的苦惱為不能被家庭、社會接受，正因為不為世人所接受，所以全文才會瀰漫著一股哀傷羞愧之感，換句話說，是社會告訴他：那是羞恥的，並非李青自己認為。書中的人物是一群得不到父親的愛與諒解的「孽子」，[27]不能說出口的愛、無法大方承認的慾念，讓《孽子》一書顯得沉重哀傷。〈寫給阿青的一封信〉，是白站在「同路人」的角度給阿青的建議及勉勵，而《孽子》是白為青春鳥的發聲，白認為同性戀是從

文學》30 卷 2 期，2001 年 7 月，頁 82-105。
[24] 葉德宣，〈兩種「露營／淫」的方法〉，《中外文學》26 卷 2 期，1998 年 5 月，頁 74。
[25] 下一章節有更詳細的說明。
[26] 白先勇，《第六隻手指》（臺北：爾雅，1995），頁 58。
[27] 蔡克健，前揭文，頁 459。

古到今人性及人情的一部分，[28]如此，將書命名爲《孽子》，則
非以同性戀爲恥。再者，龍應台也認爲《孽子》的另一缺點爲
青春鳥的對自我的性取向沒有過多的掙扎，還將此列爲《孽子》
的缺點之一；[29]如此說來，文本中構築之「孽」，同性戀絕非唯
一的面向及理由。此一論述又可從書中的另一位主角——龍子
印證：

> 王夔龍才是我的真名字，那個「夔」字真難寫，小時候
> 我總寫錯。據說夔龍就是古代的一種孽龍，一出現便引
> 發天災洪水。不知道爲什麼我父親會給我取這樣一個不
> 吉祥的名字。你的名字呢，小弟？[30]

這是一段極具暗示的文字。「夔」字並非意指龍子性取向的冤
孽，[31]筆者以爲，「夔」字只是暗示龍子雖身爲大將之子，與阿
鳳那一段傷痕累累的愛情，最終會落得風雨交加、非死即傷的
慘劇。

> 「我知道，」王夔龍慘笑道，「我們王家不幸，出了我
> 這麼一個妖孽，把爹爹一世的英明都拖累壞了。」
> 「你要明白，你父親不比常人，他對國家是有過功勳
> 的，」傅老爺子勸解道，「他的社會地位高，當然有許

---

[28] 曾秀萍，前揭文，頁 192。
[29] 龍應台，前揭書，頁 10。
[30] 白先勇，《孽子》，頁 32。
[31] 江寶釵，前揭文，頁 96。

多顧忌，你也要為他著想。」……

「他不忍見你──她閉上了眼睛也不忍見你」[32]

父親與龍子的告解儀式在此正式完成，傅老爺以一種替代性的父親存在，點出了青春鳥們所不知道的父親。在此，「社會對父親的影響，猶如父親對青春鳥的影響」亦得彰顯。同性戀的身分在社會的教導下，敏感地足以撼動一個家，無法被家接受的立足點，是因其同性戀的身分；就構築孽的意涵說來，同性戀是讓孩子們成為「偏房失愛之子」不可替換的基礎，但卻不是唯一的面向及理由。

龍應台認為《孽子》未將同性戀的議題強化，乃因其認為《孽子》之「孽」，在於同性戀取向；《孽子》之「孽」實為偏房失愛，如此，同性戀議題未被強化則不構成《孽子》的缺點，任何一種論述都不應該只是標幟二元對立，不同，不代表對立，[33]《孽子》雖是「偏房失愛之子」，卻不代表其完全反對性取向所造成的影響；相反地，性取向讓「偏房失愛之子」在文化及家庭社會的重重交疊下織就了罪孽。《孽子》一書的訴求如〈寫給阿青的一封信〉中所述：「那些參加運動的人，並不是向社會呼籲同情，更不是爭取特權，他們只是向社會討公道：還給他們人的基本尊嚴。」[34]

白先勇使用一種超然的角度、悲憫的態度看待彼此孽的形

<hr>

[32] 白先勇，《孽子》，頁 302-304。

[33] 曾秀萍，〈在父名之下：《孽子》肖／孽問題析辨〉，載自國立政治大學文學院編，《陳百年先生學術論文獎論文集（三）》（臺北：陳百年先生學術基金會，2002），頁 6。

[34] 白先勇，《第六隻手指》，頁 60。

成，因此造成讀者思考對同性戀的態度，以及反思同性戀者父母的無可奈何；同情青春鳥，也同情父親，不是批判、對立二者，而是悲憫世人。作者以青春鳥的角度書寫同志問題，並不代表要讓讀者對父權產生憤慨的心，而是用體諒及超脫的慈悲心去渡化眾生，並思考同為人的基本尊嚴。

（二）非青春鳥之孽

《孽子》雖然以同性戀者為基調，構築白先勇筆下的「孽」觀，但是「孽子」中的孽並非單指同性戀者而言，書中的角色也有白先勇設定的「孽」。偏房失愛之子除了可形容遭父親背棄的兒子以外，尚有為社會不容、徬徨無依之人。李青之母即為代表。

李母的身世坎坷，嫁給李青之父後，因年齡差距、貧窮等問題而和馬戲團的演員私奔，拋夫棄子；臨終時，自認一身罪孽，要李青在其死後為她上柱香[35]以減輕其罪孽。李母在小說中並未佔重要的角色，但是卻是造成李青家庭破碎最主要的人。人一出生就有不可明說的孽緣、孽根，是不可避免無法根除的，[36]勉強追求或是想解脫那孽緣、孽根，只有造成人生更大的痛苦。在李母身上，我們看見了——追尋不可得的幸福，企圖改造不幸的人生即為其孽的本源。

李母認為自己充滿罪惡，構成「孽」的主要原因是拋夫棄

---

[35] 白先勇，《孽子》，頁 60。

[36] 劉俊，前揭書，頁 27。

子。「母親一輩子都在逃亡、流浪、追尋,最後癱瘓在這張堆
塞滿了發著汗臭的棉被的床上,罩在污黑的帳子裡,染上了一
身的毒,在等死。」[37]染一身的毒,不僅是病,也是強求不可
得的事物而生的孽。拋夫棄子是世俗所認定的罪孽,但其實就
白先勇看來,是追昔棄今,[38]是以,就李青之母構築孽,是對
理想的強求追尋,無法安然接受自己的命運,企圖擺脫家庭的
枷鎖卻深陷拋家棄子的文化圇圇中:

> 她臨終時,必是萬分孤絕悽惶的。然而他那句殘破的軀
> 骸已經焚燒成灰,封裝在殿外那只粗陶的罈裡,難道罈
> 裡的那些灰燼仍帶著她生前的罪孽麼?我朝著佛祖一
> 頭磕了下去,額頭抵住佛殿冰涼的磨石地上。[39]

　　顯然,白先勇藉著李青的嘴,說出了他對罪孽的看法。當
李母發現若要完全按照她的意願實踐其生活,是不可行的,受
到家庭力量的干涉和制約後,使她的生存狀態處於一種身不由
己、把持不住的狀況;不斷的追尋,只是徒勞,最終也只能承
載著無奈及眾人不諒解的眼光離開塵世。

---

[37] 白先勇,《孽子》,頁61。
[38] 歐陽子,前揭文,頁5-15。
[39] 白先勇,《孽子》,頁205。

二、靈與慾的牽制

　　青春鳥之孽，不僅僅是無法繁衍後代[40]和家庭、父親的拔河，還有將自身陷入孽緣——肉慾追求之中，靈與慾的牽制導致矛盾衝突激化，造成青春鳥無盡的痛苦，也在青春鳥身上佈成了一張孽網，網住青春鳥，讓他們即使想飛也無從飛起。古往今來不論是同性戀或是異性戀，都將情慾看做不可告人、非理性，是獸性的；無關同性或異性，大家對情慾的看法皆是負面的。所以，將情慾獸性化非關同性戀與否，而是中國對情慾書寫本來就多份禁忌，[41]白先勇並非將「孽子」視為對情慾的象徵描寫內化了世俗的道德，將同性情慾獸性化。[42]

　　《孽子》中說：「『我知道，』王夔龍慘笑道，『我們王家不幸，出了我這麼一個妖孽，把爹爹一世的英明都拖累壞了。』」[43]並非意指龍子自己的同性情慾令家中蒙羞，構成了白先勇筆下的冤孽化身，而是龍子過度的愛慾促使他殺死阿鳳，使他們倆之間情緣曝光，媒體大肆報導，甚至以同性戀取向污辱龍子，所以，王尚德（龍子之父）才會對龍子說出「你這一去，我在世一天你不准回來。」這種決絕之語。再者，李青之父將李青驅逐離家時，他也只大叫「畜牲！畜牲！」文本中並未提

---

[40] 梅家玲，前揭文，頁 66。

[41] 柯慶明，〈情慾與流離——論白先勇小說的戲劇張力〉，《中外文學》30 卷 2 期，2001 年 7 月，頁 22。

[42] 曾秀萍，〈在父名之下：《孽子》肖／孽問題析辨〉，頁 7。

[43] 白先勇，《孽子》，頁 301。

及李青不能回家，是爾後李青自認污穢而不敢回家。這污穢及
羞愧並非單指其性取向，而是耽溺在慾海中不可自拔，以身體
換取金錢生存。

在〈寫給阿青的一封信〉中，白先勇也對阿青說：

> 阿青，也許你現在還暫時不能回家，因為你父親正在盛
> 怒之際，隔一些時期，等他平靜下來，也許他就會開始
> 想念他的兒子。那時候，我覺得你應該回家去，安慰你
> 的父親，他這陣子所受的痛苦創傷絕不會在你之下，你
> 應該設法求得他的諒解，這也許不容易做到，但你必須
> 努力，因為你父親的諒解等於一道赦令，對你日後的成
> 長，實在太重要了。我相信你父親終究會軟下來，接納
> 你的，因為你到底是他曾經疼愛過，令他驕傲的孩子。
> 44

白先勇始終相信，父親是會原諒孩子的，雖然他不敢抱持太大
的希望，但他內心依舊是渴望的，那道赦令不只是給青春鳥，
也是讓白先勇解脫的鑰匙。據此，我們可以說，同性戀非孽的
構築意涵；藏在情慾底下，烈火焚燒的決裂才是構築「孽」的
另一面向。《孽子》是一部描寫「同性戀的人」的小說，45那麼
這「低等男妓的賣淫生涯」46的生活型態也是同性戀者的一部
分。社會不容、家庭遺棄下，這些青春鳥們，只能這樣生活以

---

44 白先勇，《第六隻手指》，頁 63-64。
45 曾秀萍，〈白先勇談創作與生活〉，頁 196。
46 袁良駿，前揭書，頁 282。

期滿足慾望和生存需要，不只我們看來痛苦，他們自己也痛苦，所以才會造成文本中怵目驚心的羞慚和哀傷：[47]

> 那天晚上，在學校的化學實驗室中，我也看到趙勝武那顆光凸肥大的頭顱，在急切地晃動。實驗室裡，滿溢著銷酸的辛味，室中那張手術檯似的實驗桌上，桌面長年讓硝酸腐蝕得崎嶇不平。我仰臥在上面，背脊磕得直發疼。桌沿兩排鐵架上，試管林立，硝酸的辛辣嗆入眼鼻。那晚，我躺在那張實驗桌上，腦裡一直想著鐵錘的敲擊聲音：摯，摯，摯，一下又一下，一直在我的天靈蓋上敲打著。我看見們將一枚枚五寸長的黑鐵釘，敲進弟娃那塊薄薄的棺材蓋裡。鐵錘一下去，我的心便跟著緊縮起來，那麼長的鐵釘，刺下去，好像刺進弟娃的肉裡一般。[48]

若說李青與趙勝武的作愛行為是慾，那麼對弟娃那份父兄的情感即為靈的牽引，[49]靈慾的牽制促使李青內心矛盾掙扎，照理說做愛應該是很專心的，可是他卻在這樣的過程中想到弟娃的死，將情慾的激盪轉化為對弟娃思念的靈的牽引，對家的渴望、對父親、弟娃的思念，就是造成李青在慾海中翻騰的主因，靈與慾的牽制，造成李青的矛盾；對阿鳳慾念的渴望，也構成龍子罪孽的主因。

綜合以上所說,《孽子》之意涵,實為偏房失愛之子,而所據立的基礎,是社會與家庭灌輸「同性戀是可恥的」這個觀念。《孽子》孽之構築,綜觀以上可歸納以下幾種原因:追尋不可得(追昔棄今)、[50]宿命之必然、慾海沉淪。以下則進一步就這三項探討白先勇使用的意象,說明文本中「孽」的構築。

第三節　意象的建立

源自主體的意加上取自客體的象,在讀者腦中產生去蕪存菁的印記,透過語言及文字或是符號圖像所產生的事務形象或是情意思想,即為意象。[51]前文已然說明,同性戀雖造成青春鳥生命的矛盾,卻非構築「孽」的主因,要對《孽子》之「孽」做內涵的深究及本質的剖析,若忽略了白先勇使用的意象群落,對於解讀《孽子》都是一種殘缺和片面;[52]以下就上面所分析的「孽」進一步以意象說明孽的構築。

一、追尋之孽

手在「追尋之孽」中,扮演鮮活,在在突顯追尋的急迫與

---

[50] 歐陽子,前揭文,頁 5-15。
[51] 陳佳君,《辭章意象形成論》(臺北:萬卷樓,2005),頁 10。
[52] 劉俊,〈論白先勇小說中的意象群落〉,《學術論壇》2 期,1994 年 2 月,頁 77。

無奈：

> 在黑暗中，我也看得到他們那森森的白牙。一直到天
> 亮，一直到太陽從樹頂穿了下來，他們才突然驚覺，一
> 個個夾著尾巴溜走了，只剩下一個又老又醜的黑人，跪
> 在地上，兀自抖瑟瑟的伸出手來，抓我的褲角。[53]

人物追尋的不只是不可得的情慾，還有逝去的青春與時間，當
一次次的追尋到達極限，似乎沒有追尋的可能時，豐腴的手便
轉變成「蜷起的雞爪子」，[54]或是淪為自殘的跳板，[55]八爪魚似
的手顯現了對於情慾追求的迫切，顫抖抖的雙手是強烈的想望
在社會壓抑下的體現，手在「追尋之孽」的表現下，顯得多重：
渴望、迫切、無奈、壓抑、猛烈卻又含蓄。

> 在旋轉燈下，我看見了一隻隻的手：吳敏那隻綁著白繃
> 帶受了重創的手，老鼠那隻被菸頭烙起了燎泡的手，陽
> 峰那隻向華國寶申了出來而又痛苦遲疑縮了回去的
> 手。在這個封閉壅塞的小世界裡，我們都伸出了一隻隻
> 飢渴絕望的手爪，互相兇猛的抓著、摳著、撕著、扯著，
> 好像要從對方肉體抓回一把補償似的。[56]

---

[53] 白先勇，《孽子》，頁 33-34。
[54] 同上註，頁 38。
[55] 同上註，頁 22。
[56] 同上註，頁 112。

吳敏爲愛傷身，所求爲愛，也是一個能溫暖包容他的家；老鼠屈服命運，不願抗爭，所求的，即是安穩的家；陽峰年老怕衰，向華國寶欲求的、在華國寶身上投射的，是已逝的青春，一種不甘的想望，追尋青春，試圖遺忘他的年老，小說中雖是指盛公家的場地封閉壅塞，也是暗指青春鳥的生存空間不易，他們所想所望皆是一般眾人輕易可得（陽峰除外，青春是任何人都追尋不到的），可是對於他們來說，卻是「夢裡尋他千百度」，但若是社會能坦然接受，那真是「驀然回首，那人卻在燈火闌珊處」。

　　白先勇使用許多類疊法，將許多的腐敗物品形容出來，顏色在此只是更添鮮明、令人作嘔的氣息，舉凡「暴著眼睛齜著白牙」——凸顯死亡狀態、「綠油油一顆顆指頭大的紅頭蒼蠅」——紅綠明顯對比更顯腐嘔、「一窩白蠕蠕爬動的蛆」——令人發麻的白與軟搭配，在在使得李青之母揚長而去，追尋她心目中理想的家庭及愛情：

> 然而我們那條二十八巷，卻是一條教人不太容易忘懷的死巷，它有一種特殊的腐爛臭味，一種特殊的破敗與荒涼。巷子兩側的陽溝，常年都塞滿了腐爛的菜頭、破布……這條死巷巷底，那棟最破、最舊、最陰暗的矮屋，便是我們的家。[57]

---

[57] 同上註，頁46。

臺灣小調——悲情城市的吟唱，[58]在文本情境中顯得諷刺，「被人放捨的小城市」應是「被母親拋棄的家庭」的另一手法，「有時候，她會突然眉頭一鎖，一雙大眼睛便像兩團黑火般燃燒了起來，好像心中一腔怨毒都點著了似的。」或許就是不甘心，不甘心自己成為貧窮家庭的一份子，而丈夫與自己年紀又相差太大，所以才會離開家門，追尋自以為可得的幸福。

> 母親喃喃應道，她的大眼睛，默默的注視著我，手擱在我的手背上。一刹那，我感到我跟母親在某些方面畢竟還是十分相像的。母親一輩子都在逃亡、流浪、追尋，最後癱瘓在這張堆塞滿了發著汗臭的棉被的床上，罩在污黑的帳子裡，染上了一身的毒，在等死。我畢竟也是她這具滿載著罪孽，染上了惡疾的身體的骨肉，我也步上了她的後塵，開始在逃亡，在流浪，在追尋了。那一刻，我竟感到跟母親十分親近了起來。[59]

癱瘓在污黑的帳子，似乎是在訴說著李母一生都逃離不開宿命，越是想脫離，帳子就愈發污黑了，所犯的罪孽也就越深。這樣追尋不可得，實是造孽，而人又如何去和命運抗爭呢？而追尋的命運似乎是不可避免的，李母將手擱在李青手背上，點出了追尋的不可違逆，也暗示了李青和其母的追尋之孽。白先勇用他悲憫的筆，寫下李母無可奈何的結局。

---

[58] 同上註，頁50。
[59] 同上註，頁61。

二、宿命之孽

「孽」字隱藏的即是悲劇的宿命，與生俱來，是宿命的孽，也是龍子人生必須承受的苦。龍子對愛慾發熱的追求，最後導致無法承受炙熱的愛戀，手刃情人，自己終究也發了瘋，被驅逐出境後，仍心心念念父親的饒恕，可惜終究是得不到任何口頭或肢體的原諒，只好不斷得尋找救贖。[60]同性戀是天生的，是宿命，卻不代表同性戀的宿命構成了孽。筆者以為，此「孽」實是愛慾無法得到滿足而導致情緣幻滅，引發天災洪水─在臺灣的媒體掀起一陣波濤，沸沸揚揚，令龍子的父親蒙羞。

阿鳳彷如涅盤中的鳳凰，將同性戀者的精神世界及意象表現的淋漓盡致，不但將龍／鳳的結構做一重新了解，不再以異性戀的經典象徵出現，更揭露了「鳳凰」背後隱避的雙性身分，龍子與阿鳳的結合除了使用龍／鳳意象的轉換外，加上阿鳳本身即有雌雄合一的性別標誌，[61]從名字的配對上，即可看出白先勇經營角色的苦心：

> 這是我們血裡頭帶來的──公園裡的老園丁郭公公這樣告訴我們，他說我們血裡就帶著野性，就好像這個島上的颱風地震一般，一發不可收拾。傅爺爺，所以我愛

---

[60] 王德威，《如何現代，怎樣文學》（臺北：麥田，1998），頁 327。

[61] 陳思和，〈鳳凰、鱷魚、吸血鬼──論臺灣文創作中的幾個同性戀意象〉，《香港文學》1 期，2001 年 4 月，頁 196。

　　哭，我要把血裡頭的毒哭乾淨。[62]

血裡頭帶著野性，是宿命。愛哭卻又難以馴服，不但暗示了他的陰陽同體特徵，也暗示了他與龍子間天災似[63]的情緣風暴，血裡帶來的野性，造成了龍子與阿鳳情感的磨擦，他們的相遇是宿命，也是孽緣，揭露了新公園那偏安的一角，也傷透了王尙德[64]的心。在《孽子》中，人物面對宿命時，展現了抗爭（如李青之母）、妥協（如傅老爺子）、遺忘和麻木（如龍子），[65]這三種解決模式，造成「孽」之構築的必然。

三、沉淪慾海之孽

（一）月亮

　　月亮積澱了多層次的象徵底蘊，永恆不變地旁觀世人的愛

---

[62] 白先勇，《孽子》，頁 311。

[63] 同上註，頁 32、頁 311。如王夔龍說：「王夔龍才是我的真名字，那個「夔」字真難寫，小時候我總寫錯。據說夔龍就是古代的一種孽龍，一出現便引發天災洪水。不知道為什麼我父親會給我取這樣一個不吉祥的名字。你的名字呢，小弟？」，又如阿鳳說：「這是我們血裡頭帶來的——公園裡的老園丁郭公公這樣告訴我們，她說我們血裡就帶著野性，就好像這個島上的颱風地震一般，一發不可收拾。傅爺爺，所以我愛哭，我要把血裡頭的毒哭乾淨。」

[64] 龍子之父。

[65] 陸春，〈「圍城」中的迷失與淪陷——從《紐約客》的三種模式看白先勇對人與文化的命運書寫〉，《湖南第一師範學報》5 卷 4 期，2005 年12 月，頁 85。

恨情仇、情慾交織,洞視人世滄桑、暗喻悲歡離合,除此之外,
還轉化迷濛情慾,幽幽笑看人間的愛恨瞋痴。[66]

> 天上黑沉沉,雲層低得壓到了地面上一般。夜空的一
> 角,一團肥圓的大月亮,低低浮在椰頂上,昏紅昏紅得,
> 好像一隻發著猩紅熱的大肉球,帶著血絲。[67]

　　月亮在白先勇的小說中是經常使用的意象,隨著搭配顏色
的不同,[68]也有不同的意涵,「十七的月亮比十五的又昏黯了
些,托在最高那棵大王椰的頂上,如同一團燒得快成灰燼的煤
球,獨自透著暈紅暈紅的餘暉。」[69]《孽子》中月亮搭配著暈
紅、昏紅等令人迷醉的顏色,也正是情慾的寫照,令人醺醺然,
沉淪在慾海中不可自拔時,蟄伏在角落的孽緣伺機而動,破壞
人的美好幻想,造成悲劇的來源。月亮意象的出現實是對《孽
子》情慾內涵和寓意的一種深刻概括:醺然的慾念不過是過眼
雲煙,鏡頭一轉,極可能化為蟄伏的獸反咬命運一口,讓你血
流不止,疼痛難耐。月亮是一種永恆的喻體,也是白先勇用來
俯視眾生的視角,超脫了歷史和命運的侷囿,體現了深埋每個
人心中的痛楚和巨變滄桑。[70]

---

[66] 范肖丹,〈白先勇小說的象徵藝術〉,《社會科學家》4 期,1998 年 8 月,
　　頁 67-68。

[67] 白先勇,《孽子》,頁 12。

[68] 張翠,〈縞仙扶醉跨殘虹──白先勇作品中的色彩運用〉,《遼寧師專學
　　報》6 期,2000 年 11 月,頁 43。

[69] 白先勇,《孽子》,頁 17。

[70] 劉俊,前揭文,頁 78。

（二）獸眼

　　那一雙雙閃著精光的眼（不論是貓眼或其他），皆是對慾念的渴望，一種見不得光，只能在黑夜中現身，卻被愛慾焚燒、痛苦難耐的表徵，那精光是搜尋到獵物的欣喜，也是得不到的飢渴。「在幽冥的夜色裡，我們可以看到，這邊浮著一枚殘禿的頭顱，那邊飄著一絡麻白的髮鬢，一雙雙睜得老大、閃著慾念的眼睛，像夜貓的瞳孔，在射著精光。」[71]眼睛是靈魂之窗，所有的情感宣洩皆逃不了眼睛，眼睛無法隱藏情感，即使在社會的壓抑下，個體的慾念仍然可透過眼睛傳達，眼睛也就轉換成情慾的象徵了。如龍子第一次看見李青：

　　　　黑暗中，我看見那一雙雙給渴望、企求、疑懼、恐怖，炙得發出了碧火的眼睛，像螢火蟲似的，互相追撲著。即使在又濃又黑的夜裡，我也尖銳的感覺得到，其中有一對眼睛，每次跟我打照面，就如同兩團火星子，落在我的面上，灼得人發疼。[72]

一雙雙的炯炯逼視，如同原始森林中的兩團野火，猛的跳躍了起來，那樣迫切對慾念的渴望，使用眼睛之意象來表達，在夜晚迷濛的情境下，再適合不過了。

---

[71] 白先勇，《孽子》，頁 13。
[72] 同上註，頁 26。

（三）氣候（夏天）

　　氣候是一種抽象的意，投射到客體的象後，產生一種悶慾，見不得光，又非涼爽的熱，鬱鬱蒸蒸，不只是腐敗的氣息，也是慾念令人耽溺的隱喻：

> 　　我們國土的邊緣，都栽著一些重重疊疊，糾纏不清的熱帶樹叢：綠珊瑚、麵包樹，一顆顆老得鬚髮零落的棕櫚，還有靠著馬路的那一排終日搖頭歎息的大王椰，如同一圈緊密的圍籬，把我們的王國遮掩起來，與外面世界暫時隔離。[73]

　　熱帶樹叢糾纏不情，如同青春鳥們的愛慾，既是靈的追尋，也是墮落的慾海沉淪，老得鬚髮零落、終日搖頭歎息的棕櫚是一群群失去青春的老鳥們，歎逝去的青春，也感傷青春鳥們瘋狂的愛戀。已經歷過人生的他們，只能無奈的看著年青一輩的青春鳥在慾海中載浮載沉、不可自拔；夏日襖鬱的氣息如此難耐、古老而原始的激情深深地根植於每個胸腔，正如青春鳥們無法抗拒蟄伏體內，那滿腔的慾念。

　　「公園內蓮花池周圍的水泥臺階，臺階上一道道石欄杆，白天讓太陽曬狠了，到了夜裡，都在噴吐著熱氣。人站在石階

---

[73] 同上註，頁 10。

上，身上給熱氣熏得暖烘烘的、癢麻麻的。」[74]這是慾念的動，也是一群群青春鳥們按捺不住的魂，一群群耽溺情慾的青春鳥伺機而動，白天隱藏的情慾，到了夜晚終於一發不可收拾，氣候的悶熱是情慾的象徵，愈是這樣躲藏，爆發的瞬間更是強大。

第四節　結語

　　《孽子》之孽，實以兩條主軸貫穿，偏房失愛之子為題名原意，另一則是「矛盾激化」所衍之，不孝、無法繁衍後代等問題非構築「孽」的主因；自身陷入慾海中，甚至強求不可得之事物、追昔棄今等，才是《孽子》之「孽」；《孽子》中構築之罪孽，屬於社會性、文化性，基於青春鳥的性取向而成；而白先勇所揭示的人性黑暗面、痛苦與孤獨也油然而生——青春鳥不因性取向而痛苦，而為文化、家庭社會不能接受所苦。

　　家是群己關係的核心，加上中國人傳統的倫理道德觀，同性戀者在家庭及社會中所受壓迫更甚；白先勇書寫這一群被放逐的邊緣人物，以期達到對社會的文化批判之意不難理解，青春鳥們引頸企盼、心心念念的，無非是認同及平等的地位，人類內在情慾無可迴避，勉強改之，只會造成痛苦的深淵，只有寬容和不含歧視的情感，才能減輕人類的痛苦。在同志運動盛行的今日，這些仍然是值得我們思考的面向。

---

[74] 同上註，頁 12。

　　文學之可貴在於其彰顯了永恆的人性，[75]白先勇用一種超然的態度看待底下人物「孽」的形成，予讀者思考對同性戀的態度，及反思同性戀者父母的無可奈何。[76]白先勇始終是悲憫的，不僅僅關注青春鳥，也關心青春鳥之父，予我們思考的是，兩者間並非絕對對立，白先勇以另一角度切入，帶領我們挖掘、昭示人性光明面，喚起我們對真善美的渴望及追求。

---

[75] 白先勇，《驀然回首》（臺北：爾雅，1978），頁 124。
[76] 林幸謙，《生命情結的反思》（臺北：麥田，1994），頁 125。

引用書目

王德威，《如何現代，怎樣文學》，臺北：麥田，1998。

白先勇，《第六隻手指》，臺北：爾雅，1995。

——，《孽子》，臺北：允晨，1999。

——，《驀然回首》，臺北：爾雅，1978。

江寶釵，〈時間、空間與主體性的建構：閱讀《孽子》的一個
　　向度〉，《中外文學》30 卷 2 期，2001 年 7 月，頁 82-105。

林幸謙，《生命情結的反思》，臺北：麥田，1994。

柯慶明，〈情慾與流離——論白先勇小說的戲劇張力〉，《中外
　　文學》30 卷 2 期，2001 年 7 月，頁 23-5。

范肖丹，〈白先勇的小說藝術〉，《社會科學家》4 期，1998 年 8
　　月，頁 64-74。

袁良駿，《白先勇論》，臺北：爾雅，1991。

高照成，〈《孽子》中的同性戀與父子關係〉，《海南師範學院學
　　報（社會科學版）》16 卷 5 期，2003 年 9 月，頁 27-30。

張小虹，〈不肖文學妖孽史〉，《臺灣現代小說史綜論》，臺北：
　　聯經，1998，頁 165-202。

張翠，〈縞仙扶醉跨殘虹——白先勇作品中的色彩運用〉，《遼
　　寧師專學報》6 期，2000 年 6 月，頁 42-44。

梅家玲，〈白先勇小說的少年論述與臺北想像——從《臺北人》
　　到《孽子》〉，《中外文學》30 卷 2 期，2001 年 7 月，頁 59-81。

畢恆達，《家的意義》，臺北：五南，2000。

陳佳君,《辭章意象形成論》,臺北:萬卷樓,2005。

陳思和,〈鳳凰、鱷魚、吸血鬼──論臺灣文學創作中的幾個同性戀意象〉,《香港文學》1 期,2001 年 4 月,頁 196-198。

陸春,〈「圍城」中的迷失與淪陷──從《紐約客》的三種模式看白先勇對人與文化的命運書寫〉,《湖南第一師範學報》5 卷 4 期,2005 年 12 月,頁 85-87。

曾秀萍,〈白先勇談創作與生活〉,《中外文學》30 卷 2 期,2001 年 7 月,頁 189-199。

──,〈在父名之下:《孽子》肖/孽問題析辨〉,《陳百年先生學術論文獎論文集(三)》,臺北:陳百年先生學術基金會,2002,頁 1-25。

葉德宣,〈兩種露營/淫的方法〉,《中外文學》30 卷 2 期,2001 年 7 月,頁 67-89。

──,〈陰魂不散的家庭主義魍魅──對詮釋《孽子》諸文的論述分析〉,《中外文學》24 卷 7 期,1995 年 12 月,頁 66-88。

劉俊,《悲憫情懷──白先勇評傳》,臺北‧爾雅,1995。

──,〈論白先勇小說中的意象群落〉,《學術論壇》2 期,1994 年 2 月,頁 77-82。

歐陽子,〈白先勇的小說世界──《臺北人》之主題探討〉,收錄於白先勇,《臺北人》,臺北:爾雅,2002,頁 1-27。

蔡克健,〈蔡克健訪白先勇〉,於白先勇,《第六隻手指》,臺北:爾雅,1995,頁 441-475。

龍應台,《龍應台評小說》,臺北:爾雅,1985。

第六章

余華小說中死亡意識的建置

——以《活著》和《許三觀賣血記》為例

楊雅琳

第一節 前言

　　1987 年，余華以短篇小說《十八歲出門遠行》出現於大陸文壇中，後來陸續發表《現實一種》、《一九八六年》、《鮮血梅花》等等作品，因其小說充滿對現實的不滿和對社會的抨擊，以極真實的筆觸勾勒情節，成為大陸作家先鋒派的代表人物，至今仍投入於文學創作的領域中，在文壇中討論最熱烈的即是其長篇小說《活著》、《許三觀賣血記》和《兄弟》，余華以其冷冽的筆調和批判的角度，在大陸文壇掀起一陣風潮。

　　在余華的小說中，除了血腥和暴力情節的鋪陳以外，對於生死的主題也有相當程度的描繪，尤其以死亡意識在小說中埋線牽引為其重要的寫作手法，「死亡成了余華文本序列中的復沓而又無限延宕的意義的懸置，成了被敘事件與意指鏈不可彌合的斷裂。」[1]隨處可見的死亡事件使得余華的小說充滿哀傷氣息，余華欲透過死亡意識的建置，讓讀者從中體會生存意義，進而珍惜當下所擁有的美好。「死的無辜，更反襯出生的可貴，進而也更激發人們為求生存而不懈努力。」[2]生死是人類必經的道路，余華「他把人的命運，置於極度的生存狀態下，以一種極端化的生存遭遇，貫穿於小說的命運之中，讓苦難接踵而

---

[1] 余華，《許三觀賣血記》(臺北：麥田，1997)，頁 19。

[2] 曾立平，《論鄭敏詩歌意象的文化意涵》，湖南師範大學碩士論文，2005年 4 月，頁 37。

至，使死亡如影隨形。」[3]

　　二十世紀以來，哲學和文學領域中對於死亡進行的研究和藝術創作特別蓬勃，生死的二元對立中，以人爲主體，做爲生存的價值取向，在文學創作中，對於死亡書寫的態度，從以往被視爲禁忌，轉爲一種呈現主體意識的情節手段，猶如悲劇底下如影隨形的夢魘。「由於死亡具有廣度、密度和不可穿透性，作家只能通過主題的感受來體驗死亡，又使得死亡在不同作家筆下呈現出不同的型態與色彩。」[4]生死問題向來是文學探討的重要主題，以死亡來當作故事情節的開展和生命本質的思索，透過情節的安置，如何賦予死亡進一步的意涵，是余華在小說中所欲深刻描寫的部份。

　　余華的小說創作擅用苦難和死亡做爲情節引導的主線，《活著》一書中，一連串的死亡事件，如鬼魅般地打擊福貴的生活，李榮英在〈余華小說《活著》與《許三觀賣血記》中的生命意識〉中提出：「余華用《活著》，一部『以地區性個性經驗反映人類普遍生存意義的寓言』，講述了關於死亡的故事，揭示了與往昔不同的生命意識內涵。」[5]

　　另外，《許三觀賣血記》中，余華也運用許三觀依賴賣血的性質，將死亡埋伏於文本中，透過與生命息息相關的血液交易，使得許三觀的人生難以逃脫死亡的陰霾，王德威認爲：「許

---

[3] 黃海，〈解讀《活著》：極度生存狀態下生命個體的真實本相和生存意義〉，《湘潭師範學院學報》25卷5期，2003年9月，頁59-61。

[4] 王進波，《俄國作家文本的死亡意識及安德列耶夫對死亡意識的深化》，遼寧師範大學碩士論文，2003年6月，頁4。

[5] 李榮英，〈余華小說《活著》與《許三觀賣血記》中的生命意識〉，《十堰職業技術學院學報》19卷2期，2006年4月，頁7-9。

三觀賣血也是玩命,他是經營一種恐佈的,卻能『不勞而獲』的生意。」[6]因此,筆者在本篇論文中,將以《活著》和《許三觀賣血記》這兩本死亡意識呈現最爲清晰的小說,做爲深入探討時的文本說明。

余華的死亡意識建置在本篇論文中主要分成艱苦的難題考驗和敘事情節的重複兩大部份來探討,第一部份是從內容的情節衍生,囊括貧窮、戰爭和政府三大方向,而第二部份則是從情節形成的方式探討,以死亡和賣血的重複情節爲主,藉此深入瞭解余華小說中死亡意識的建置。

第二節 艱苦難題的考驗

一、貧窮的陰影

余華筆下的人物,大多的背景都來自於民間,以平凡的市井小民爲書寫對象,人物一貧如洗的家庭狀況,使得其處境的苦難彈性大爲增加,艱難的考驗也一而再再而三地出現,而金錢在人物手上也不曾久留,往往在獲得一筆能夠解決家庭困境的金錢過後,轉瞬間便會產生另一個更大的災難,造成雪上加霜的悲慘情境,例如《許三觀賣血記》中,許三觀的大兒子許一樂患了肝炎,家裡卻無分文錢替一樂治病,爲此,許三觀特地到其它醫院賣血,只爲了能夠換錢救兒子的性命:

---

[6] 余華,前揭書,頁26。

許三觀回答：「一樂病了，病得很重，是肝炎，已經送
到上海的大醫院去了⋯⋯」有人打斷他：「一樂是誰？」
「我兒子，」許三觀說，「他病得很重，只有上海的大
醫院能治。家裏沒有錢，我就出來賣血。我一路賣過去，
賣到上海時，一樂治病的錢就會有了。」[7]

　　依據許三觀的盤算，他預計要賣六次的血，賣來的錢剛好
能幫一樂治病，解決當下的燃眉之急，這是他唯一能想到的辦
法，但是當許三觀賣第三次血時，災難已經埋伏於前方，等待
著將他的苦心一舉殲滅：

一個戴著口罩的護士，在許三觀的胳膊上抽出了四百毫
升的血以後，看到許三觀搖晃著站起來，他剛剛站直了
就倒在地上了。護士驚叫了一陣以後，他們把他送到了
急診室，急診室的醫生讓他們把他放在床上，醫生先是
摸摸許三觀的額頭，又捏住許三觀手腕上的脈搏，再翻
開許三觀的眼皮看了看，最後醫生給許三觀量血壓了，
醫生看到許三觀的血壓只有六十和四十，就說：「給他
輸血。」⋯⋯松林的醫院收了許三觀七百毫升血的錢，
再加上急診室的費用，許三觀兩次賣血掙來的錢，一次
就付了出去。[8]

---

[7] 同上註，頁 251。
[8] 同上註，頁 264。

在《許三觀賣血記》中，貧窮成了劇情推移的主角，余華
操弄了筆下人物的命運，將其推置於貧窮的淵谷中，每次的爬
升只能換來更悲慘的跌落，直至傷痕累累，永遠無法跳脫貧窮
的枷鎖，終其一生爲了金錢奔波，然而，倘若貧窮卻無災無難，
也不失爲一種生命的平淡無欲，但是余華卻特意安置許多必須
利用金錢來處理狀況的災難，使小說中的人物陷入了和金錢無
窮無盡的追逐賽，而人物也因爲貧窮，面對疾病時不以治癒爲
優先考量，反而擔心起醫療費用的支出，寧可得了一種永遠治
不好的病，也不願得了一種花錢便能好起來的病，例如《活著》
中的女主角家珍便有此心態：

> 城裏的醫生說家珍得了軟骨病，說這種病誰也治不了，
> 讓我們把家珍背回家，能給她吃得好一點就吃得好一
> 點，家珍的病可能會越來越重，也可能就這樣了。回來
> 的路上是鳳霞背著家珍，我走在邊上心裏是七上八下，
> 家珍得了誰也治不了的病，我是越想越怕，這輩子這麼
> 快就到了這裏，看著家珍瘦得都沒肉的臉，我想她嫁給
> 我後就沒過上一天好日子。家珍反倒有些高興，她在鳳
> 霞背上說：「治不了才好，哪有錢治病？」[9]

福貴的苦難命運並不是一開始就存在的，當他還是闊少爺
時，生活顯得順遂完美，對妓女的輕狎態度、對丈人的羞辱行
爲，這些事件都是建立在他的家庭環境尚爲富裕的條件上，然

---

[9] 余華，《活著》(臺北：麥田，2005)，頁 124。

而當散盡家產後，父親因為風光不再，跌落屎坑死亡後，一連串的苦難跟隨著貧窮出現，甚至可以說，這些苦難都是因為無法擺脫的貧窮撲繼而來，貧窮就猶如一把鑰匙，開啟福貴從此慘澹的命運，過去那扇風光的門扉已經緊緊掩上，他只能身陷貧窮帶來的折磨，從中尋找應對的契機，而死亡也是從此刻開始滲入福貴的生命裡，緩緩地渲染開來。

另外，在《兄弟》中，李光頭和宋鋼這兩個從小一塊長大的兄弟，竟有著迥然不同的人生，李光頭因為擅於以錢滾錢，將垃圾回收公司經營得有聲有色，成為鎮裡的富豪，而宋鋼卻飽受貧窮之苦，為錢奔波，最後連男性自尊也在貧窮的壓迫下漸漸消逝，拋棄顏面，跟著大騙子周遊四處流浪，最後選擇在胸口隆上兩塊女性性徵，只為了賺取微薄的薪水：

> 宋鋼已經知道周遊在劉鎮所說的一切都是彌天大謊，他憂鬱地望著窗外無限伸展的田野，心裡七上八下，跟著這個江湖騙子前途何在？宋鋼不知道。想到周遊在劉鎮確實掙到了很多錢，宋鋼心裡又燃起了希望，他希望能夠盡快地掙到一大筆錢，然後立刻回家，他幻想的數目是十萬元，這樣林紅此後的生活就會無憂無慮。為了林紅，宋鋼在心裡告訴自己：「我什麼事都願意做。」[10]

> 宋鋼成為了宋總，一個胸前突然出現了一對女性豐乳的宋總。宋鋼拆線以後，周遊喜氣洋洋地上街買了紅色胸

---

[10] 余華，《兄弟【下部】》(臺北：麥田，2006)，頁 381。

罩回來，……此刻的宋鋼慢慢習慣解開襯衣的舉動，屈
辱也在慢慢消散，眼看著周遊黑色包裡的現金越來越
多，宋鋼心裡踏實了。[11]

　　在這趟遠行中，宋鋼的身體因為隆乳受到感染而疼痛不
堪，卻一心想望著讓林紅過好日子，夫妻兩人的生活自從陷入
貧窮之後，陰霾染上兩人的臉龐，宋鋼為了把錢存下來，身體
的痛楚漸漸擴大，最後因為自我的厭惡和妻子的出軌，選擇臥
軌自殺，結束他的生命。

　　余華筆下的人物，因為逃脫不了貧窮的禁錮，窮其一生追
尋金錢前往，死亡也因此蜇伏底下，讓人物不斷地面臨貧窮帶
來的考驗和失去，在夾縫中求生存，堅韌的存活能透露出生命
的意義，這也是為什麼余華的筆下人物難逃貧窮的陰影，只能
在一次又一次的苦難中秉持生存的價值。

二、戰爭的體悟

　　戰爭離死亡僅有一線之隔的距離，而戰場上的腥風血雨也
往往能使人體認到生命的美好以及生存的意義。余華的小說創
作通常脫離不了文革的年代，在他的作品中，對於戰爭場景描
繪較為深入的即是《活著》，小說中的男主角福貴，擁有著與
其姓名完全不同的命運，在一次的爭吵中，戲劇化地被送進砲

---

[11]　同上註，頁 397-403。

隊裡，那是他與死亡最接近的一段日子，生命就猶如初春的殘雪，脆弱且易逝，在戰爭的過程中，無數次感受到死亡就在背後緊迫逼人的恐懼：

> 有一次我跑著跑著，身邊一個人突然摔倒，我還以為他是餓昏了，扭頭一看他半個腦袋沒了，嚇得我腿一軟也差一點摔倒。……等春生跑過來後，我們兩個把老全抬回坑道，子彈在我們身旁時時呼的一下擦過去。[12]

福貴是《活著》中唯一被留下來的人，突顯出整部作品孤獨且寂寥的傷感，身邊的人一個個死去，但是他卻不見得對死亡懵懂無知，余華大可不必安排這樣一個戲劇性的情節，讓福貴進入戰場，但是倘若余華所要呈現的是一種生命意義的延續和活著的可貴，那麼，這一個看似誇張的插曲，其實是余華特地讓福貴自己和死亡做最親密的接觸，讓他體驗當死神一一奪走身邊齊同作戰的戰友時，只有他存活下來，是他在死亡邊緣僥倖得來的生命，得來不易後便能珍惜活著的可貴，因此當身邊的苦難一一降臨於身上，他卻能夠獨活下來，並且將自身的故事告知他人，彷彿那段回憶仍栩栩如生地上演於他的腦海裡，這是為什麼余華將戰爭安置在這個平凡無奇的小故事中，目的是要小說人物從離死亡最近的距離，看見生存的美好。

---

[12] 余華，《活著》，頁74。

三、政府的介入

　　人民生活大部份的苦難都是來自於政府當局的施政措施，這是不可抗拒的外力因素，不屬於小說中人物自發性的行為。政府強制性地介入故事裡，恣意地剝奪其生活中僅有的資源，如同一個依附於人體的血蛭，非要吮乾最後一滴血液，才願意饜足地離開。「從處在社會底層的農民視角來審視歷史，歷史儘管有大風大浪，但小人物的生活則相對靜止，小人物的命運就更具有被動性和無對抗力，從小人物的角度來演繹歷史無疑更為客觀」[13]因為在余華筆下的人物中，並沒有屬於先知型的角色，所以對於政府發下的命令往往只有遵從沒有質疑，這也是余華特地從民間切入的原因，以較低階層的人民生活來呈現社會的真實面貌，沒有過度的渲染和作戲，陳思和認為：

> 　　余華在 90 年代是一個重要的作家，他的重要性在於：
> 他從 80 年代的極端「先鋒」寫作，轉向了新的敘事空
> 間──民間的立場，知識份子把自身隱蔽到民眾中間，
> 用「講述一個老百姓的故事」的認知世界的態度，來表
> 現原先難以表述的對時代真相的認識，寫出了《活著》、
> 《許三觀賣血記》等作品。[14]

---

[13] 葛麗婭、任梓輝，〈試論《活著》在余華創作中的意義〉，《河南商業高
　　等專科學校學報》13 卷 4 期，2000 年 7 月，頁 55-57。
[14] 陳思和、張新穎、王光東，〈余華──由「先鋒」寫作轉向民間之後〉，

余華透過一般人民的生活和認知呈現社會的時代以及文化變動，因此小說中的人物亦步亦趨地跟著法令前進，而政府一而再再而三下達的指示，起先使人民認為是希望的到臨，但是最終卻顯現出其指示背後的愚昧和可笑，轉而成為苦難的降臨，鞭笞著人物已經傷痕累累的生活環境。例如《活著》中，人民公社的成立，收歸了許多民眾的日常生活用品，打著煮鋼鐵的名號以及食堂的誘惑，一切都顯得美好完善，但是日子一久，美好外衣包覆的傷口露出真面目，漸漸長了膿瘡，人民的生活則已病入膏肓：

> 沒出三個月，那四十斤米全吃光了。要不是家珍算計著過日子，摻和著吃些南瓜葉，樹皮什麼的，這些米不夠我們半個月。那時候村裏誰家都沒有糧食了，野菜也挖光了，有些人家開始刨樹根吃了。[15]

> 城裡的文化大革命是越鬧越凶，滿街都是大字報，貼大字報的人都是些懶漢，新的貼上去時也不把舊的撕掉，越貼越厚，那牆上像是有很多口袋似的鼓了出來。……我每次進城，看到人多的地方就避開，城裏是天天都在打架，我就見過幾次有人被打得躺在地上起不來。[16]

> 許三觀說：「你知道嗎？為什麼工廠停工了、商店關門

《文藝爭鳴》1 期，2000 年 1 月，頁 68-70。

[15] 余華，《活著》，頁 143。

[16] 同上註，頁 199。

了、學校不上課、你也用不著每天去炸油條了？為什麼
有人被吊在了樹上、有人被關進了牛棚、有人被活活打
死？……你知道這是為什麼？因為文化大革命來
啦……」[17]

在《活著》和《許三觀賣血記》中，重疊的社會時代背景，刻
畫了文化大革命時期的混亂景象，也因此苦難層出不窮地出現
在小說人物的生活裡，有些甚至使得人物就此喪命，當時代失
去秩序時，死亡也就顯得理所當然許多，因此，製造一個大時
代的紛亂背景及一個無能的政府，更能烘托出市井小民的生命
微如螻蟻的悲慘困境。

　　政府不斷地出現在人民生活中，頒布的策略往往能使情境
逆轉，甚至使人感受到生命無常的可悲，進而珍惜當下擁有的
美好，顛覆了大地主和大財主的鞏固勢力和美好，令人體會到
平凡和貧窮的一絲可貴，例如《活著》中的福貴因為好賭而敗
盡家產後，原本的榮華富貴讓龍二接收過去，分明是場悲劇結
果，但是卻在政府介入小說之後開始有了一百八十度的大逆
轉：

　　我回來的時候，村裏開始搞土地改革，我分到了五畝
　　地，就是原先租龍二的那五畝。龍二是倒大楣了，他做
　　上了地主，神氣了不到四年，一解放他就完蛋了。共產
　　黨沒收了他的家產，分給了從前的佃戶。……那天附近

[17] 余華，《許三觀賣血記》，頁200。

好幾個村里的人都來看了，龍二被五花大綁地押了過
來，他差不多是被拖過來的，嘴巴半張著呼哧呼哧直喘
氣。龍二從我身邊走過時看了我一眼，我覺得他沒認出
我來，可是走了幾步他硬是回過頭來，哭著鼻子對我喊
道：「福貴，我是替你去死啊！」[18]

　　雖然政府的介入逆轉了許多情境，但是大部份的時候卻仍
扮演著苦難製造者的角色，批鬥的命令使得人民生活脫序，在
這樣的政策下死去的人也是有的，然而，政府的苛政與死亡相
互比較之下，帶來的災難反而彰顯出小說中人物的堅強韌性，
甚至能在患難中看見真情的流露，夏中義曾經指出：

　　余華所以尊福貴為偶像，是企盼自己乃至於中國人能像
　　福貴那樣「溫情地受難」，即增強全民忍受苦難的生命
　　韌性。……人麻痺得像石頭或木頭，「人性之厄」，苛政
　　之暴，縱然再滲再烈，也無從感受了，反倒要傾空感恩
　　命運能讓自己活著了。[19]

在余華的小說中，透過社會文化的揭示，使我們對於當時的思
想和生存的狀態都有更深入的瞭解，這也是為什麼在故事情節
中，政府如同鬼魅般不斷地介入人物生活的原因。

---

[18] 余華，《活著》，頁143。
[19] 夏中義，〈苦難中的溫情與溫情地受難—論余華小說的母題演化〉，《南方文壇》4期，2001年4月，頁28-39。

第三節　敘事情節的重複

　　透過重複的敘事，余華將每次死亡事件發生過後，人物再度回到苦難的循環，除了產生音樂性的表現以外，也將作品推入無止盡的迴圈，使得讀者在閱讀過程中，陷入反覆的情節，造成一種恐懼和未知的慌亂，每一次的死亡，皆暗示著下一次的苦難出現，經由一次又一次的重複，營造出強化的效果。王學青在〈敘述的一次軟著陸──論余華的小說敘事〉中提到：

> 余華的迴圈敘事不僅都回到了原來的出發點，形成了一個完整的回環，還預示著敘述的繼續，甚至故事已經重新開始，且永無止意，具開放性的特點。這樣文本便產生了特有的亦深亦遠的內蘊。[20]

余華小說中的重複敘事在近年來的創作中已成為相當明顯的特徵，而且，余華將這樣的手法運用得相當靈活，不論是《活著》中利用重複的死亡事件來形成沉重的哀悼謳歌，還是《許三觀賣血記》中大量的賣血事件，令讀者感受到死亡的陰魂不散，都能讓人感受到作者有意識創作的意涵。另外，張洪德在〈余華，重複敘述的音樂表現〉中也說：

---

[20] 王學青，〈敘述的一次軟著陸──論余華的小說敘事〉，《南通職業大學學報》16 卷 3 期，2006 年 9 月，頁 24-33。

在近年的小說創作中，余華開始加強對人物形象的塑
造，重複敘述也成為他塑造人物的重要手段。文學是創
造，余華的可貴之處就在於，他以音樂的重複形式表現
人物特定時刻和場合的心理性格特徵與發展變化的過
程，揭示人物複雜的本性。[21]

　　因此，以下就《活著》和《許三觀賣血記》中的重複敘事
做為探討的對象，分為死亡和賣血兩大部份，以其鮮明的重複
敘事手法，來探究此手法在余華小說中的使用影響。

一、碧落黃泉的離別──死亡

　　死亡在文學中向來演示的角色是一種生命逝去及血腥暴
力的最終路途，然而在余華的《活著》中，死亡轉而被視作一
種情節鋪陳的手段，在作品中主要呈現的是，讀者能夠對作者
所欲傳遞的訊息有所認識，死亡並不被當作一個主體性來描
繪，因此，余華在這本小說中，置以大量的死亡事件，來突顯
他所要傳達的中心思想，透過密集安排在福貴身邊的人們一一
去世，呈現出一種焦慮和不確定性的狀態，主要目的是為了烘
顯出福貴對於生命的更深體悟，而死亡意識的建置也就在這
「重複性的死亡」中完成。「實際上，死亡意識本質，是一種
人的自我意識的覺醒，是對生的關注、依戀和尊重以及對死的

---

[21] 張洪德，〈余華，重複敘述的音樂表現〉，《當代文壇》2 期，1997 年 1
月，頁 39-42。

恐懼和焦慮。」[22]因此,當福貴在一連串面臨須親自下葬親人的哀傷之後,能夠跨越對死亡的恐懼,對於生命的存在意義產生珍惜和眷戀的心態,他的人生自我也就此呈現,余華的死亡意識建置也可以說是就此趨向完整。

「死亡的重複發生,既給人物心靈巨大打擊,也給讀者出乎意料的藝術震撼。作家把反覆發生的死亡事件鑲嵌在日常瑣屑的生活裡,放大了『苦難』的廣度和深度,形成巨大力量的懸殊,從而產生一種強烈的命運感。」[23]在《活著》中,第一個以死亡打擊福貴的,即是他的父親,而這一個死亡事件的出現,其實正是為了引導出《活著》中真正的福貴出現,面臨貧窮時,福貴只覺得心虛愧疚以及不可置信,但是當父親因為家財散盡後,失去了生存的意志而不慎跌落糞缸死亡,真切地讓福貴意識到生命的脆弱無常,而自己這輩子的前段時光揮霍耗盡青春,就算沒有人將父親的死怪罪在福貴身上,但是對福貴來說,父親的死是自己的責任,因此,自此事件後的福貴,便一轉成為我們在小說主要關注的人物。

余華在一部中篇小說中,大膽地扼殺八個人物的生命,除了父親以外,龍二即是另一個強化福貴對於生命不確定感的角色,在前文中也曾提到,龍二接收了福貴龐大的家產後,在文革時被批鬥槍斃,臨死前對福貴大喊著:「福貴,我是替你去死啊!」余華採用一種悲劇性的幽默,將人生無常展現在龍二

---

[22] 李祥偉,〈論張愛玲死亡意識及其審美體現〉,華南師範大學人文學院中文系碩士論文,2003 年 2 月,頁 2。

[23] 賀明華,〈論余華《活著》的現代寓言特徵〉,《皖西學院學報》20 卷 1 期,2004 年 2 月,頁 116-118。

這個人物身上，讓福貴藉由龍二的人生去反思生命的價值意義，余華為了擴張福貴對於苦難的承受力，安排這八個人物的死亡，所有人的死亡可以說是只為了成就福貴的活著，劉彤在解讀《活著》中的福貴時提到：

> 從表面上，福貴的敗家是苦難的開始和根緣，是性格因素使然，這只是一個個人的故事。但重要的是，作家把這些故事抽象到人的生存意義上，去表達渲染死生無常的意識，這便使人物具有了普遍的或一般的意義。那一遍遍死亡的重複象徵了人對終極命運一步步靠攏的艱難歷程。[24]

另外，袁珍琴也提出另一種看法：「與其說他是通過小說中重複出現的一連串死亡來顯示真理，不如說他是超越於這一連串無價值的死亡之外，去探求『活著』的真理。」[25]

此論點將《活著》之中的死亡視為無價值的存在，筆者認為這樣的說法有待商榷，活著的真理是通過這一連串的死亡來呈現，而經由此過程體現真理，死亡的安置若是為了突顯生命的價值和意義，那麼，死亡的價值不就正建立於其體現後的真理上嗎？以無價值一詞抹煞真理背後的大功臣，實在是有點可惜的。

---

[24] 劉彤，〈論《活著》的主人公福貴〉，《渭南師範學院學報》18 卷 3 期，2003 年 5 月，頁 61-63。

[25] 袁珍琴，〈重新解讀《活著》——兼談小說批評的價值砝碼〉，《西南民族學院學報》21 卷 11 期，2000 年 5 月，頁 73-77。

　　關於余華小說敘事的重複性，值得一提的是余弦將《活著》放置入「重複的詩學」來探討，對於小說中人物福貴以「我」為敘述者，又切換回另一個敘述者「我」，這樣的時空轉換對於重複出現的死亡造成一種連續性的阻延：

> 敘述者「我」與福貴在一起的現在進行場景頻繁地安插於福貴過去進行時的敘述中。時空的轉換延阻了福貴的喪親在敘事上的連續性，重複的死亡事件所累積的悲劇氣氛在多次的時空交錯中得以淡化。主題重複的線性序列被打斷，每一次重複產生的意義不能得到迅速的累積。[26]

　　當苦根死後的日子裡，福貴自述性口吻不再深刻地紀錄下每個日子的起伏，反而是以一種看破生死的態度過活，曾經在被捲入戰爭時一心只想活著回家的他，在死亡一次又一次敲門後，最終體驗到生命的不確定性和當下的珍貴，在小說後段提到：「我不會讓別人白白埋我的，我在枕頭底下壓了十元錢，這十元錢我餓死也不會去動它的，村裏的人都知道這十元錢是給替我收屍的那個人，他們也都知道我死後是要和家珍他們埋在一起的。」[27]在這段落中，余華利用福貴在枕頭底下壓了十元錢的舉動，來暗示讀者，死亡就此成為福貴日夜最接近的對象，那十元錢就猶如死亡的陰影，在福貴的腦海裡揮之不去。

---

[26] 余弦，〈重複的詩學——評《許三觀賣血記》〉，《當代作家評論》4 期，1996 年 1 月，頁 12-15。

[27] 余華，《活著》，頁 240。

一般人是恐懼談論死亡的，但是福貴卻已將死亡當作一種必然
而然的形式，樂觀地看待生死，當他珍惜的度過生命每一分每
一秒時，夜夜卻提醒自己，死亡其實就在離自己最近的地方，
生命的不確定性透過這樣的環節便傳遞而出。

　　「能在自己生命中持有一個『爲什麼』的人，將可以忍受
幾乎任何的『如何』。」[28]當福貴在生命中尋得活下去的真諦時，
他對於死亡降臨的態度已經呈現一種向內要求的苦難承受。另
外，在《許三觀賣血記》中，也能從許三觀身上看到相同的生
命態度，對許三觀而言，家庭即是他一生力求要維繫住的支
柱，爲了孩子他可以一次又一次的賣著血，只爲求得一家團圓
健康，賣血的次數已經超越他肉體能夠承受的苦難，但正因爲
他生命裡持有一個「爲什麼」，因此他窮盡一生追求著，在追
求過程中所遇見的苦難便無所輕重了。精神醫學家弗蘭克
（Frank）在《活出意義來》一書中曾提到：

> 一個人若能接受命運及其所附加的一切痛苦，並且肩負
> 起自己的十字架，則即使處在最惡劣的環境中，照樣有
> 充分的機會去加深他生命的意義，使生命保有堅忍、尊
> 貴、無私的特質。否則，在力圖自保的殘酷鬥爭中，他
> 很可能因為忘卻自己的人性尊嚴，以致變得與禽獸無
> 異。這機會，他可以掌握，也可以放棄，但他的取捨，

---

[28] 林杏霞，〈生命之尊、生活之美〉，《「預約美麗新家園」走過百年大震
紀念專輯》，取自 http://public1.ntl.gov.tw/publish/book/71.htm，瀏覽日
期 2007 年 3 月 3 日。

卻能夠決定他究竟配得上或配不上他所受的痛苦。[29]

倘若生命的意義建立在人物配不配得上他承受的痛苦,那麼,《活著》中的福貴對命運的苦難以強大的承受能力吸收,並且從中體悟活著的價值,在反覆的考驗中不放棄生存,以活著的姿態迎向命運的鞭笞,福貴的生命意義和其龐大的痛苦成為正比,在歷練中更見其生命的韌性。

二、生命之源的交易──賣血

血在余華過去的創作中,往往是以實體的姿態出現,代表著暴力和死亡的一種生命流逝,「『余華早期小說』中血的意象表達出他對人類世紀末狂暴、混亂和殘酷的外部世界的恐懼和悲觀的情懷,並且這種情感保存在其無意識思維之中。」[30]透過血液緩緩淌洩的情境描寫,建構出一種殘酷美學特性,這是余華前期特愛使用的題材,例如在〈一九八六年〉中,余華大量使用鮮血的題材,整篇小說充滿血腥味,讀者彷彿可見四溢的鮮血:

鮮血此刻暢流而下了,不一會工夫整個嘴唇和下巴都染

---

[29] 弗蘭克著,趙可式、沈錦惠譯,《活出意義來》(臺中:光啟,2000),頁 76。

[30] 陳純塵,《余華小說研究》,福建師範大學中國現當代文學碩士論文,2004 年 5 月,頁 13。

得通紅，胸膛上出現了無數歪曲交叉的血流，有幾道流
到了頭髮上，順著髮絲爬行而下，然後滴在水泥地上，
像濺開來的火星。[31]

破碎的頭顱在半空中如瓦片一樣紛紛掉落下來，鮮血如
陽光般四射。與此同時一把閃閃發亮的鋸子出現了，飛
快地鋸進了他們的腰部。……溢出的鮮血如一把刷子似
的，刷出了一道道鮮紅的寬闊線條。[32]

殘酷的使用鮮血和暴力是余華前期的小說特色，然而這樣的寫
作手法卻在《許三觀賣血記》中產生顛覆，血不再是一種實體
的鮮明意象，而是貼近死亡最接近的媒介，並從中得到繼續生
存的生命意識，且是許三觀獲得自我認同的另一種途逕，雖然
並非他特意追尋的方向，但是他在以維護家庭為生命主要目標
時，面對層出不窮的苦難和打擊，不得不走上賣血一途，他的
自我認同便是在這賣血的過程中彰顯，這也是許三觀認為自己
唯一能為家庭做的實質付出。
　　《許三觀賣血記》中，許三觀總共賣血十一次，血液是人
體內的生命力象徵，是維繫著生命存活的重要要素之一，然而
在許三觀生存的年代中，為了美化賣血換錢的行為，替賣血安
置上一個重要的價值：判斷健康與否的媒介，能夠賣得越多碗
血的人，就代表他的身子越健康，才是值得女孩託付終身的健
郎兒，因此，賣血換錢的觀念就這麼根深柢固於許三觀的思想

---

[31] 余華，《現實一種》(臺北：麥田，2006)，頁 169。
[32] 同上註，頁 176-177。

中。

「賣血事件的重複發生似乎是踩著命運不可抗拒的腳步，崩潰性的前景始終隱約可見。」[33]余華透過賣血事件讓許三觀一度從死亡關口徘徊，但是正因爲他體認到自己人生的責任，所以就算離死亡僅釐米距離，他也寧可換取金錢以求兒子的性命，透支生命的泉源來求得生存，許三觀是余華難得溫情的筆下人物，當賣血成爲習慣性後，對於苦難的解決方式便會產生依賴性，許三觀便是在這一而再再而三的依賴中，踏出自己與死神最靠近的一個步伐，雖說生存意識是許三觀表面呈現出來的一種堅韌，但相對地，每次賣血的過程中，死亡的意識也潛伏其背後，等待一舉潰敗的時機，使得整部小說雖然看似問題最後總能迎刃而解，但卻難脫死亡氛圍的禁梏，這是因爲許三觀對於「生命之源」的交易不知不覺中產生的依賴，導致所有的苦難最終都要以接近死亡的方式來解決。

在《許三觀賣血記》一書中，使用的大量的重複敘事，讓整部小說呈現一種荒謬又無奈的悲劇式憂默，張洪德在〈余華，重複敘述的音樂表現〉提出：

> 以致為給一樂治病五次賣血，幾乎喪命，其情之切，感人至深；晚年生活好了以後，他又要去賣血，反覆說：「以後家裏遇上災禍怎麼辦？」在街上繞來繞去，顯示他的不安與惶惑，而這次對吃炒豬肝喝黃酒的重複，是他對自己賣血經歷的懷戀和尋求心靈的平撫，寫得深沉

---

[33] 余弦，前揭文，頁 12-15。

> 雋永。……這些重複，都是作家對人物描寫的整體故事
> 中連續或間隔出現，給人以回環往復或明快，一洩千里
> 淋漓酣暢的藝術感覺，彷彿音樂中的曲調重複，增強了
> 音樂語言和形象的表現力；即使是幾個音節或音符的反
> 覆跳動，也給人以流暢跳躍的快感，體現出不同的音響
> 效果和形象特色，同時顯示出曲調的個性。[34]

除了賣血事件的重複之外，在《許三觀賣血記》中，許三觀妻
子的反覆控訴、對兒子一樂的態度、賣完血上飯館吃炒豬肝的
重複，都是余華特地在小說中安置的情節，使得讀者在閱讀過
程中，進入一種反覆的思維，並且產生較具音樂性的描述，透
過重複敘事造成的輕快，體現許三觀的人生態度，也是余華以
此手法寫成的用意之一。

第四節　結語

　　臺灣研究余華小說的作品比較少見，是筆者認為相當可惜
的部份，我們透過余華的小說能夠瞭解其作品的社會背景及文
化表現，而且以平凡市民的眼看大時代的變遷，正因為沒有知
識人物，所以對於政府頒布的法令大多都以盲從為主，因此，
余華在這樣的小說中，能夠大肆地描繪真實的社會面貌，毋須
經由一連串的遮掩和刪改，從描寫人物的生活便能清楚地感受

---

[34] 張洪德，前揭文，頁 39-42。

到當時的無奈與悲哀,而且生與死對於毫無社會地位的人物來說,體會其反覆無常的變化更爲深刻,這也是爲什麼余華筆下大多都是以民間人物爲主角。

從死亡意識的角度切入來看余華的小說,無疑是希望在他大量描寫苦難的事件情節中,能夠透過死亡看待生存的意義,在其創作中展現了許多荒謬的考驗,而這些考驗的存在意義究竟是什麼?余華又如何將死亡這等尖銳的話題,潤飾地放進作品裡,並且透過小說人物得以體現他所要表達的主旨?「描述死亡,可以挑戰作家語言能力的極限,如何把死亡寫得驚心動魄、意味深長是作家的頭等大事,從某種意義上來說,死與思是緊密聯繫在一起的。描述死亡就是表達存在。死亡就是存在之思。」[35]倘若死亡只是以一種必然的形式出現在小說中,那麼,對讀者的共鳴也不過就是死亡的理所當然,但是如何進一步引發讀者在閱讀過程中,對死亡和生存價值之間產生聯繫?這便是余華不斷地在其創作中挑戰的標的。「主題精神的彰顯及其蘊涵的超越意識使余華的民間寫作根本上區別於其先鋒小說對困境的停留。」[36]除了敘事層面之外,余華更深入地賦予事件意義,彷彿將珍寶藏匿於小說的殿堂中,等待讀者於閱讀過程發覺,因此,余華在小說中所安排的苦難和死亡事件,並非無價值的出現,而是爲了彰顯生命價值意義所做的佈局,讓讀者能夠通過人物的死亡殿堂,進一步瞭解生存的恩賜。

---

[35] 王玉琴,《論文學中的死亡意識》,南京師範大學文學院碩士論文,2005年3月,頁35。

[36] 賈豔豔,《論余華小說的生存意識》,河南大學中國現當代文學碩士論文,2002年5月,頁28。

引用書目

王玉琴，《論文學中的死亡意識》，南京師範大學文學院碩士論文，2005 年 3 月。

王進波，《俄國作家文本的死亡意識及安德列耶夫對死亡意識的深化》，遼寧師範大學碩士論文，2003 年 6 月。

王學青，〈敘述的一次軟著陸──論余華的小說敘事〉，《南通職業大學學報》16 卷 3 期，2006 年 9 月，頁 24-33。

弗蘭克著，趙可式、沈錦惠譯，《活出意義來》，臺中；光啓，2000。

李祥偉，《論張愛玲死亡意識及其審美體現》，華南師範大學人文學院中文系碩士論文，2003 年 2 月。

李榮英，〈余華小說《活著》與《許三觀賣血記》中的生命意識〉，《十堰職業技術學院學報》19 卷 2 期，2006 年 4 月，頁 7-9。

林杏霞，〈生命之尊、生活之美〉，《「預約美麗新家園」走過百年大震紀念專輯》，取自 http://public1.ntl.gov.tw/publish/book/71.htm，瀏覽日期 2007 年 3 月 3 日。

余弦，〈重複的詩學──評《許三觀賣血記》〉，《當代作家評論》4 期，1996 年 1 月，頁 12-15。

余華，《許三觀賣血記》，臺北：麥田，1997。

──，《活著》，臺北：麥田，2005。

──，《兄弟【下部】》，臺北：麥田，2006。

──，《現實一種》，臺北：麥田，2006。

夏中義，〈苦難中的溫情與溫情地受難──論余華小說的母題
　　演化〉，《南方文傳》4 期，2001 年 4 月，頁 28-39。

袁珍琴，〈重新解讀《活著》──兼談小說批評的價值砝碼〉，
　　《西南民族學院學報》21 卷 11 期，2000 年 5 月，頁 73-77。

陳思和、張新穎、王光東，〈余華──由「先鋒」寫作轉向民
　　間之後〉，《文藝爭鳴》1 期，2000 年 1 月，頁 68-70。

陳純塵，《余華小說研究》，福建師範大學中國現當代文學碩士
　　論文，2004 年 5 月。

張洪德，〈余華，重複敘述的音樂表現〉，《當代文壇》2 期，1997
　　年 1 月，頁 39-42。

曾立平，《論鄭敏詩歌意象的文化意涵》，湖南師範大學碩士論
　　文，2005 年 4 月。

黃海，〈解讀《活著》：極度生存狀態下生命個體的真實本相和
　　生存意義〉，《湘潭師範學院學報》25 卷 5 期，2003 年 9
　　月，頁 59-61。

賈豔豔，《論余華小說的生存意識》，河南大學中國現當代文學
　　碩士論文，2002 年 5 月。

賀明華，〈論余華《活著》的現代寓言特徵〉，《皖西學院學報》
　　20 卷 1 期，2004 年 2 月，頁 116-118。

葛麗婭、任梓輝，〈試論《活著》在余華創作中的意義〉，《河
　　南商業高等專科學校學報》13 卷 4 期，2000 年 7 月，頁
　　55-57。

劉彤，〈論《活著》的主人公福貴〉，《渭南師範學院學報》18
　　卷 3 期，2003 年 5 月，頁 61-63。

第七章

馬森《花與劍》中的人生追尋與抉擇

温虹雯

第一節　前言

　　馬森著作甚豐，已出版的作品有小說、劇本、文學評論、
電影評論等，其中寫於一九六七～一九八二年間的戲劇作品以
獨幕劇爲主，包括有《一碗涼粥》、《獅子》、《蒼蠅與蚊子》、《弱
者》、《蛙戲》、《野鵓鴿》、《朝聖者》、《在大蟒的肚裡》、《花與
劍》，在一九七八年結集爲《馬森獨幕劇集》出版。於一九八
七年再加上《腳色》、《進城》兩劇，由臺北聯經出版事業公司
結集爲《腳色》出版，其中《花與劍》爲馬森在一九七六年於
溫哥華寫成的一部劇本。

　　在《花與劍》中，寫一個在外漂泊二十年的兒，在一個莫
名奇妙、無法擺脫的聲音之下，回到故鄉尋找自己生命的根、
自己生命的奧秘與出路。回到左手執花、右手執劍的雙手墓之
前，主角試圖解開一切的答案，然而得到的卻是一片迷惘，自
己何去何從？作者以花與劍做爲一種意象，扣緊全劇。

　　在形式上，《花與劍》是一齣獨幕劇，獨幕劇在演出的時
候，中間並不下幕，通常換場以熄燈來表示時間的變遷，但在
《花與劍》中並無換場。因爲有了形式的限制，獨幕劇的情節
比多幕劇單純了許多。因此，作者的意念浮現得更爲突出，使
得整齣劇作哲理性強於故事性。

　　馬森的劇作受荒誕派戲劇的影響很深，荒誕派戲劇的特徵
爲係以存在主義爲其哲學思考基礎，劇情結構缺乏邏輯和內容
的單一性（singular content），通常只是一個單一的狀況或事件，

且人物的對話和行為在這一狀況內不斷的重複，旨在強調人類世界的單調、重複性及其處境的可悲；劇中人物缺乏動機（motivation）、無目的性（purposelessness），也因此劇中角色經常發出無意義的、給予人精神異常或不可思議的對話。

林偉瑜在〈中國第一位荒謬劇場劇作家──兩度西潮下六〇年代至八〇年代初期的馬森劇作〉一文中指出：「在《腳色》中的這些劇作風格與內容基本上都很統一，是屬於荒謬劇場的劇作。以時間先後來看，兩度西潮開始至今的臺灣現代劇作家當中，馬森是第一位荒謬劇劇作家。」[1]

在《花與劍》中的人物只有「鬼」與「兒」。鬼是死者的代表，兒是生者的代表。但事實上，不只有兩個人物，「鬼」帶了多層面具，分別是「母親」、「父親」、「朋友」、「鬼」。人物的設計上，馬森設計出有別於荒謬劇的符號式人物，而是創造了「腳色式人物」。馬森在〈腳色式的人物〉一文中指出：

> 腳色本來是一個戲劇中術語，指的是一個演員所扮演的劇中人。這個術語借用到日常生活中來，指的是一個人在相對的關係中所扮演的一種特別的身分。……事實上一個人在這個世界上沒有固定的腳色，他所扮演腳色全視特定的時空和相對關係而定。[2]

---

[1] 林偉瑜，〈中國第一位荒謬劇場劇作家──兩度西潮下六〇年代至八〇年代初期的馬森劇作〉，收錄於龔鵬程主編，《閱讀馬森》（臺北：聯合文學，2003），頁 211。
[2] 馬森，《腳色》（臺北：書林，1996），頁 8。

本文底下擬從腳色的角度切入，並分爲人物對人生的「追尋」與「抉擇」兩大部份來探討。其中「追尋」部分，由「兒的困境」開始談起，接下來闡述兒的尋根歷程，兒爲什麼要尋根？在兒的尋根過程中，藉由與「母親」、「父親」、「朋友」及「鬼」羅生門式的對話，但仍然沒有找尋到他所要追求的答案，反而陷入一片迷惘。在「抉擇」的部份，則是闡述在這追尋的過程中，由花與劍的意象中，進一步探討人生的主題。

第二節　人生的追尋

一、兒的困境

《花與劍》中寫到，二十年前，父親詛咒兒必得回來，回到故鄉，回到左手執花、右手執劍的雙手墓之前，弄清楚一切發生的事，找出真相。二十年之後，有一股冥冥中的聲音低低的對兒說：「回去吧！回去吧！回到你父親埋葬的地方」。[3]但二十年前，母親告訴過兒，不管多麼辛苦，一生一世也不要回到雙手墓來。但兒走過了許多國家，經歷了許多事，也牢牢的記住母親的叮嚀，再也不要回到雙手墓來，縱使他掙扎得很苦，但始終有一股力量不停的催促著他回到故鄉，去尋找自己的根，也就是自己的父母，自己的源頭。

---

[3] 同上註，頁 208。

　　在返鄉的這一天，他穿著父親的遺物——長袍，帶著自己
解不開的困擾回到雙手墓之前。父親留給他花與劍以及父親的
雙手，這是他對父親唯一的印象。他強烈的渴求要知道自己的
父親：

> 兒：（撫摩著自己的手）父親的手。除了父親的手，我
> 一點也不記得父親的模樣。在我的記憶裡，好像只有父
> 親的手。母親，父親到底是個什麼樣子？
> 母：（端詳兒）你為什麼要問這個？
> 兒：因為……因為……我要知道我有一個父親，一個完
> 整的父親，而不只是一雙手。母親，人人都有一個父親
> 是不是？為什麼我不能有一個父親？[4]

　　父親留給他花與劍，兒走了幾十個國度，遇到了他真正愛
上的女孩：丘麗葉。「我愛上了她，深深的愛上了她。所以我
把父親的花送給了她，那朵花早已枯萎，可是仍然有一股奇異
的香氣。」[5]父親給了他花與劍，他將花給了丘麗葉。然而，他
還有劍。他同時又愛上了丘麗葉的哥哥：丘立安。「我愛上了
他，瘋狂的愛上他。所以我把父親的劍送給了他。那把劍雖然
已經生了綠銹，但仍然鋒利。」[6]花雖然枯萎了，卻還有一股奇
異的香氣；劍雖然生了綠銹，卻仍然鋒利。對父親的印象雖然
只有一雙手，左手執花、右手執劍，但為什麼父親要將花與劍

---

[4]　同上註，頁 210。
[5]　同上註，頁 213。
[6]　同上註，頁 214。

都給了他呢？二十年了，花還有香氣，劍依然鋒利，父親對他的影響也依舊存在，縱使他對父親的印象只是一雙手。如果只有花或是只有劍，就不用選擇了。他陷入痛苦的長考中，無法解決這個問題。張春興在談到自我統合危機時指出：

> 根據艾瑞克遜（Erickson, Erik）的心理學理論，自我統合（ego identity）是一種個人自我的一致的心理感受，故其意義可解釋為自我統合感。個人從下列六個層面去思考關於「自我」的問題：(1)我現在想要什麼？(2)我有何身體特徵？(3)父母如何期望我？(4)以往成敗經驗如何？(5)現在有何問題？(6)希望將來如何？將以上六個問題統合起來，並試圖回答「我是誰？」與「我將走向何方？」在自我統合的過程中，心理上產生的危機感就稱為統合危機（identity crisis）。[7]

在《花與劍》中，兒是一個旅外多年的遊子，對父親的印象只有一雙手，甚至不知道自己的父親是怎麼樣的一個人。當他在面臨花與劍、丘立安與丘麗葉的抉擇時，不知道如何抉擇。他說他愛丘麗葉，是因為丘麗葉說她愛他；他說他愛丘立安，是因為丘立安說他愛他。他根本不明白他愛的是誰？他是否愛他們？也無法回答自我統合的兩大問題：「我是誰？」、「我將走向何方？」，在這時兒產生了統合危機，於是有一種冥冥中的聲音催促著他回到雙手墓前，去尋找「我是誰？」、「我的

---

[7] 張春興，《現代心理學》（臺北：東華，1991），頁388。

父母是誰？」的答案。他對母親說：「我走了這麼多國家，仍然回到這個地方來。我必得弄清楚誰是我的父親，我的父親做過什麼，然後我才能知道我是誰，我能做些什麼。」[8]

二、兒的尋根

在二十年前離國的那時候，兒坐在船上，手裡拿著父親的照片把玩著，然而卻被忽然吹起的一陣海風吹到海裡，也吹斷了他對父親形象唯一可以紀念的回憶。他回憶著說：「要是現在，我會奮不顧身地跳下海去，把他撈回來。可是那時我年紀太小，我只怔怔地望著海浪把它捲去。」[9]這是一種對當年沒有好好的保存父親的照片的一種懊悔。這張照片不只是一張照片，而是唯一尋找父親印象的聯繫。縱使要跳下海去，也不願失去對父親的印象。

在兒回到雙手墓之後，他期待著藉由了解自己父母親之間的故事，進而了解自己。對於父親，因為有了花與劍，所以才記得那一雙執花執劍的手；在孩童時期，他渴望著父親與他親熱，但這種經驗是從來沒有的。對於父親的印象就只有一雙手：

> 兒：對，我記得，他是在寫他的書。他永遠不停的在寫他的書。我敲門的時候，他只把門開一條細縫。門裡黑洞洞的，他伸出他的手來，撫摩一下我的頭，然後又把

---

[8] 馬森，前揭書，頁216。
[9] 同上註，頁212。

門關起來。除了他的手，我真不知道他是誰。

母親，他有沒有抱過我？

母：抱是抱過的。那時候你還小，怕不記得了。

兒：可是打我記事的時候起，他就沒有再抱過我，他也沒有跟我玩過什麼。我多麼盼望有一天父親也會帶我去散散步，像我看見別人的父親一樣，把手放在你的肩上，或者摟著你的腰，親親熱熱的。[10]

　　回到雙手墓之後，與父親對話，向父親說明自己是多麼需要他的一份愛。但他是帶著父親是否愛我的疑問。他告訴父親，他需要的只是抱著他、摟著他、哄著他。但這時已經太遲了，兒的感覺已經不是這樣了。他已經不是小時候的他，父親也錯過了那個時刻了。花與劍，生與死，在這時候已經無法突破，無法回到過去。

第三節　人生的抉擇

一、抉擇的矛盾

　　兒回到雙手墓前，首先遇到了母親，他向母親不斷地詢問一切。在這探尋父母關係的部分，兒與母親的對話由場景──

---

[10] 同上註，頁211。

「一隻烏鴉落在目前的一株樹上，呱呱的叫了兩聲。」[11]引出。
父母在祖父母的安排下結了婚，然後「莫名其妙」的生了兒。
母親生了兒之後，父親就開始躲著母親。一切在莫名其妙中開
始，父親有點恨母親，母親也有些恨父親，由一切的莫名其妙
中，透露出荒謬：

> 兒：你說他有點兒恨你，你也有點兒恨他。
> 母：是，他恨我，我也恨他，可是我們卻無法分離。
> 兒：為什麼？
> 母：我也不明白為什麼，也許連恨也沒有的時候才真無
> 法活。他叫我痛苦，我叫他難過。
> 兒：啊，母親！
> 母：所以我們彼此折磨著，卻也有點快活！我想它最大
> 的快樂是等我有了個情人再殺死我。[12]

　　林國源在〈馬森戲劇創作與戲劇批評的美學論辯——從
《花與劍》的創作思辨談馬森戲劇批評的文化記號論〉一文指
出：

> 《花與劍》的戲劇結構是易卜生《群鬼》加史特林堡《魔
> 鬼協奏曲》加馬森的鏡子的產物。《群鬼》的痕跡可從
> 本劇的動作「從母親囑永不回到父親埋葬的地方」這一
> 基本架構見出；《魔鬼奏鳴曲》的痕跡則在於「先陳述，

---

[11] 同上註，頁216。
[12] 同上註，頁218。

次反駁,三再現」的辯證架構與奏鳴曲形式,此形式在母親,父親,朋友三人各執一詞的展現上,正是音樂對位法的運用。[13]

在母親陳述父親與情夫死亡之後,接下來是父親的反駁,父親說到死亡的是母親與她的情夫,並提出他的說詞:

父:我恨我不能愛她像愛我自己。

兒:你那麼愛你自己?

父:有時候我覺得是,有時候我又覺得不是。有時候我可以完全忘了我自己那時候我感到無比的快樂。可是等你母親一站到我的面前,我馬上又回到了我自己。是她,使我不能忘了我自己,她是她,我是我,我們是截然不同的兩個人。我不管多麼愛她,也不能變成她,她也不能變成我。我想我愛她愛的太多,超過了我的心力,所以我開始疲倦。(苦惱地)可是我恨我不能再多給她一些。

兒:所以你也恨她?

父:是。她也恨我。我們彼此折磨著。

兒:為什麼不乾脆分手?

父:分手?從來沒想過。你知道,沒有折磨空蕩蕩的生

[13] 林國源,〈馬森戲劇創作與戲劇批評的美學論辯——從《花與劍》的創作思辨談馬森戲劇批評的文化記號論〉,收錄於龔鵬程主編,前揭書,頁49。

活更難過。[14]

　　原來花與劍，左手執花、右手執劍，代表的是愛與恨。就如同左手與右手一般，不可分離。有愛的同時，就產生了恨，這是不可切割的，也就是有了愛、恨才確確實實的知道自己的存在、生命的存在。如果沒有了愛恨，就會變得無生無死。道家所說的自然就是自由自在、自己如此，就是無所依靠、精神獨立。精神獨立才能算是自然。有愛與恨的牽絆，就不是自然，由於有了牽絆就無法精神獨立。所以道家追求的是把造作不自然化掉，把愛與恨化掉。把愛與恨這種意念的造作、一孔之見的系統化掉，因為通過愛與恨的這些孔有些光明，但周圍就環繞了無明，只有把愛與恨都化掉，才全部是明。但能夠化掉這些的就是聖人，這是一種道家的追求境界。大多數的人在愛與恨之間苦惱著、牽絆著。愛與恨，是人生無法脫離的課題，於是陷入這種愛恨交織的情境當中，在愛中，同時也在恨中，感到一些快活。在這發生的過程是荒謬的，愛與恨，看起來是反面的，但卻是在同一時間點發生。馬森說：「荒謬比理性更為理性，虛幻比真實更為真實。」[15]馬森透過這些帶著荒謬的對白，顯示出他的哲理性。這些對話雖然荒謬卻顯示出理性，愛與恨的不可分離，證明了人的存在、生命的弔詭。在《聖經》〈創世紀〉中提到：

　　耶和華神說：「那人獨居不好，我要為他造一個配偶幫

14　馬森，前揭書，頁 223。
15　同上註，頁 26。

助他。」……耶和華 神使他沉睡，他就睡了；於是取下他的一條肋骨，又把肉合起來。耶和華 神就用那人身上所取的肋骨造成一個女人，領他到那人跟前。那人說：這是我骨中的骨，肉中的肉，可以稱她為「女人」，因為她是從「男人」身上取出來的。因此，人要離開父母，與妻子連合，二人成為一體。[16]

在基督教的信仰裡，由〈創世紀〉的幾節經文中，闡述了女人的創造歷程，由於女人是由男人肋骨而出，因此女人是男人骨中的骨，肉中的肉。更重要的是兩人要離開父母，成為一體。這種一體，並不單單指的是肉體的連合，而是指的是在所有的考量上、所有的行為中、所有的言語上……丈夫都與妻子成為一體。因為當成為一體的那同時，是將對方視為自己，不含著私心。在上文中，父親為了無法將母親變為自己，自己也不能變成母親而苦惱著。這種苦惱是源於無法做到《聖經》所說的「成為一體」，因此不斷的在「我比較愛自己？」還是「我比較愛他？」的問題上打轉。因為人都有私心，所以要做到並不容易，但這兩者並不衝突。

隨後，在第三層面具之下，劇中再現的手法出現的是朋友。朋友的說詞再度的推翻了父母的說法。最後點出了「我是愛，我是恨！我是你的心！」[17]完成了奏鳴曲式的「先陳述，次反駁，三再現」的表現手法。最後再出現第四層骷髏頭面具，營造充滿詭異氣氛的黃昏景致，展現一片迷惘與淒涼之感。

[16] 香港聯和聖經公會版《聖經》，頁2。
[17] 馬森，前揭書，頁232。

二、從抉擇到再追尋

在兒與父親的對話當中，他發現了父親將花送給了母親，把劍送給了朋友。與他將花送給了丘麗葉，將劍送給丘立安無法決擇的情形是一模一樣的。他帶著這個疑問回到雙手墓之前，就是要尋求這個問題的解答。這時，他向父親詢問他該怎麼做？父親選擇了殺死了母親與朋友，然而卻沒有得到自由，因為人雖已死，但對他們的愛卻沒有消滅，他們還在心裡活著。父親建議他，殺死一個，跟另一個人過，隨便殺死哪一個？可是兒卻表示他仍然無法選擇，他愛丘麗葉，也愛丘立安，他無法殺死其中一個人。

在《花與劍》中，花與劍象徵的是男女不同的性器官。父親左手執花、右手執劍，同時擁有花與劍。在整齣劇中，緊緊的扣住兩層三角關係。父親、母親與朋友，兒、丘立安與丘麗葉。就因為同時有了花與劍，造成本劇中的衝突。同時擁有花與劍的傾向，無法達成社會的角色行為標準，也就是無法達成社會規範（social norm）與腳色期待（role expectation）。無法達到社會規範與對父親的腳色期待，人應該怎麼樣扮演自己的腳色？於是在此產生了腳色混淆（role confusion），是指個人對自己腳色缺乏明確認識，無法在自己的角色行為上，有效地扮演到符合社會對他所寄予的腳色期待地步。父親產生腳色混淆之後，他所選擇解決的方式是殺死母親與朋友。而兒在產生角色混淆的同時，也感到無限的迷惘，於是他決定回到雙手墓

前，尋找自己腳色的認同與出路。

存在主義代表人物齊克果（Soren Kierkegaard）曾經提出：

> 存在是選擇成為自己的可能性。因為「存在」不只是一
> 個名詞，更是一個動詞─「存在」不是死的，而是活的、
> 有生命力的、能夠自由的選擇。換句話說，存在就是「抉
> 擇」。人在作選擇的時候有兩種可能，第一種是選擇不
> 成為自己，第二種是選擇成為自己。第一種選擇顯然比
> 較容易，在這種情況下我們習慣偽裝自己、遮蔽自己內
> 心真實的情感，扮演別人所期待的腳色，而從來不作真
> 誠的抉擇，因為我們害怕真誠的抉擇會讓自己與他人發
> 生衝突。[18]

父親選擇了成為自己，於是他殺死了母親與朋友，然而卻
沒有獲得真正的自由，因為他們還在心裡活。他真誠的抉擇就
是殺死了他們，造成了生與死無法解決的衝突。兒正在選擇他
要成為自己還是不成為自己，如果不成為自己的話，他必須偽
裝自己、遮蔽自己的情感，滿足別人對於他這個腳色的期待。
他無法決定自己的選擇是如何？但他明明白白確切的知道，他
不會做和父親一樣的抉擇，他也不會做父親建議他的抉擇。

在最後當他了解了一切的真相之後，他無可忍耐的大喊：
「我不要再愛，愛情叫我太苦惱……我是一個迷了路的人。從

---

[18] 呂映昇、官有訓、陳柏俊，〈齊克果的存在主義〉，取自 http://www.
iaa.ncku.edu.tw/~cosmos/PowerPoint/%BB%F4%A7J%AAG%AA%BA%
BD%D7%C2I.pdf，瀏覽日期 2007 年 2 月 20 日。

來沒有人告訴我過路是怎麼走，日子是怎麼過。」（忽然茅屋前出現了一隻紅色的燈籠。）[19]紅色的燈籠表面上是一盞來自父親的明燈，出現在茅屋之前。在沒有人告訴過他路是該怎麼走時，他感到一片迷網，父親給了他一盞燈，但卻不是一盞指引他的燈。他將父親留給他的袍子擲向紅燈處，象徵他不願意像他父親一樣，將身上與父親之間的連結──袍子，丟還給象徵父親給他明燈的紅燈處，他要走出自己的路，但自己的路在哪裡呢？他不知道！這時又回到了「我應該聽母親的話，永遠永遠不回來。我應該走自己的路。」[20]追尋屬於自己的道路。

第四節　結語

《花與劍》是一齣獨幕劇，有別於多幕劇的多樣性，獨幕劇的形式較爲簡單，旨在凸顯作者的立意。使得作者的意念浮現的更爲突出，哲理性強過於故事性。

在此劇中，利用烏鴉來帶出父母之間的關係、父親與母親的死亡。烏鴉，在中國的傳統意象中是不吉利的。利用烏鴉以及烏鴉的叫聲：呱呱叫。來營造出一片孤寂淒涼之感。在這齣劇中，語言的特色受了荒謬劇的影響，在兒與母親、父親、朋友的對話之中，用了許多重複的手法，同樣的一件事，經由三個人的口說出，大部份的語句是相同的，在其中有些小小的不同。用重複的手法來加強語言的表達效果。

---

[19] 馬森，前揭書，頁 233。
[20] 同上註，頁 232。

　　《花與劍》劇本所要表現的主題意義，透過戲劇的情節和劇中的人物來表現。《花與劍》的主題扣緊了花與劍象徵的意義。花與劍代表了生與死，人物設計上指分為兒與鬼，兒代表了生者。鬼代表了死者。生者藉著了解死者的故事來找尋自己的方向，生者與死者最大的不同是：生者還有機會去做選擇，改變自己的路，但死者就只能帶著悔恨活。花與劍，也代表了愛與恨，愛與恨是一體兩面，有愛就會有恨，就如同左手與右手不可切割的關係。但若沒有了愛與恨，就會變得無生無死。花與劍，也代表了男女的性器官。父親同時擁有花與劍，陷入難解的三角關係當中，雖然他殺死了母親與她的情夫，但他卻沒有獲得自由。他將花與劍也都給了兒，而同樣的陷入第二層的三角關係中。

　　基本架構是奏鳴曲式的：「《魔鬼奏鳴曲》的痕跡在於先陳述，次反駁，三再現的辯證架構與奏鳴曲形式。」[21]藉由母與兒的對話做第一次的陳述他們的三角關係，與死亡的過程。在父與兒的對話中，父再反駁了母親的說法。在朋友的說法中，又反駁了父親與母親的說法，最後點出：「我是愛，我是恨！我是你的心！」[22]兒是帶著自己三角關係的疑惑回到雙手墓尋求解答的，但回到雙手墓之後，發現了這一切不堪的事實。在追求他所要了解的真相之後，這些問題並沒有解決，於是他開始懷疑自己追求真相的過程，並反駁了自己所經歷的這段歷程，因為這歷程是痛苦的，他和自己父親是一樣的，然而他卻不想選擇，因為選擇是痛苦的，他必須走出自己的路，但自己

---

[21] 林國源，前揭文，頁49。
[22] 馬森，前揭書，頁232。

的路在哪裡呢？這時他後悔了，他覺得他應該聽母親的話，永遠不回來，走自己的路。

引用書目

林偉瑜,〈中國第一位荒謬劇場劇作家──兩度西潮下六O年
　　代至八O年代初期的馬森劇作〉,收錄於龔鵬程主編,《閱
　　讀馬森》,臺北:聯合文學,2003。
林國源,〈馬森戲劇創作與戲劇批評的美學論辯──從《花與
　　劍》的創作思辨談馬森戲劇批評的文化記號論〉,收錄於
　　龔鵬程主編,《閱讀馬森》,臺北:聯合文學,2003。
張春興,《現代心理學》,臺北:東華,1991。
馬森,《腳色:馬森獨幕劇集》,臺北:書林,1996。
呂映昇、官有訓、陳柏俊,〈齊克果的存在主義〉,
　　http://www.iaa.ncku.edu.tw/~cosmos/PowerPoint/%BB%F4%
　　A7J%AAG%AA%BA%BD%D7%C2I.pdf,瀏覽日期 2007
　　年 2 月 20 日。

小說與戲劇的逆光飛行
——新世代現代文學作品七論

主　　　編／ 孟樊
作　　　者／ 王婉如、李東霖、蘇奕心、許舒涵、蔡佳宜、楊
　　　　　　雅琳、温虹雯
執行編輯／ 李東霖
出　版　者／ 揚智文化事業股份有限公司
發　行　人／ 葉忠賢
總　編　輯／ 閻富萍
地　　　址／ 臺北縣深坑鄉北深路 3 段 260 號 8 樓
電　　　話／ (02)8662-6826
傳　　　真／ (02)2364-7633
網　　　址／ http://www.ycrc.com.tw
　E-mail　／ serveice@ycrc.com.tw
印　　　刷／ 鼎易印刷事業股份有限公司
　ISBN　／ 978-957-818-855-6
初版一刷／ 2008 年 1 月
定　　　價／ 新臺幣 200 元

國家圖書館出版品預行編目資料

小說與戲劇的逆光飛行：新世代現代文學作
品七論 / 王婉如等合著；孟樊主編. -- 初
版. -- 臺北縣深坑鄉：揚智文化, 2008. 01
　　面　；　　公分
　　含參考書目

ISBN 978-957-818-855-6(平裝)

1.中國文學　2.現代文學　3.文學評論

820.908　　　　　　　　　　　　96022852